너의 초록에 닿으면

너의 초록에 닿으면

배미주
장편소설

창비

차
례

✳

　내 삶이 바뀐 건, 우연한 행운 덕분이다.

　운명이란 우연에 우연이 겹치며 만들어진다고 생각한다. 불행했
던 내 삶은 우연히 바뀌었다.
　그러니까 삶의 아주 작은 순간이라도 무심히 흘려보내지 말아
야 한다. 그 순간을 꼭 붙들지 않으면 아무 일도 일어나지 않을 테
니까.
　쉽지 않을 수는 있지만 엄청난 노력이 필요한 것도 아니다.
　그저 우주가 보낸 작은 신호를 놓치지 않는 것이다. 그때 뭐라도
해야 한다.
　한 통의 메시지에 답장을 보내는 것, 무거운 몸을 일으켜 문밖으
로 한 걸음 내딛는 것.

　또는 세계 밖으로 나가거나.

이경

3차원 홀로그램 캔버스에서 흘러나온 빛이 방 안을 푸르스름하게 물들였다.

이경은 게임의 새로운 스테이지를 작업하는 중이었다.

강물이 삼킨 숲 가장자리.

물에 잠긴 나무의 뒤얽힌 줄기들, 그 속에 도사린 채 꿈틀대는 미지의 생명체들. 뿌연 시야. 게임 속 장면이지만 오싹하고 소름 끼치는 느낌을 자아냈다.

캔버스를 터치하자 몬스터가 나타났다. 아마존의 물뱀에서 착안해 만들어 낸 거대 몬스터다. 이경은 물뱀에게 산 채로 먹힐 뻔했었다. 작은 물고기에 **연결**해 헤엄치다가. 바로 **연결**을 끊긴 했지만 아찔한 경험이었다.

이번 스테이지는 그때의 경험을 극대화했다. 다양한 물속 캐릭터를 선택해 게임을 하는 플레이어는 이 거대 몬스터를 맞닥뜨리게 되어 있다.

거대 물뱀 몬스터가 입을 쩍 벌린다. 플레이어들에겐 지옥의 입구처럼 느껴지겠지. 다음 스테이지는 바로 거대 물뱀의 배 속이다.

이경은 만족스럽게 웃으며 엔지니어에게 전달할 감각 목록을 꼼꼼하게 체크했다.

몬스터 내부 던전 작업은 다른 프로그래머와 엔지니어의 몫이다. 몬스터의 이름을 짓는 것도.

현재 시타델의 공용어에는 다양한 뿌리를 가진 구세계의 언어들이 많이 남아 있다. 아주 오랜 세월이 흘렀다는 걸 생각하면 좀 기이할 정도로. 그만큼 시타델이 보수적이고 변화를 싫어하는 사회라는 뜻이겠지. 그 때문에 게임 캐릭터들의 이름도 중구난방이었다.

이경은 기지개를 켰다.

피로감이 몰려왔다. 벌써 표준시 새벽 2시. 작업에 몰두하다 보면 시간이 뭉텅이로 사라지는 기분이 든다. 노곤한 피로감과 온통 뻐근한 근육이 흐른 시간을 짐작게 해 줄 뿐.

작업은 만족스럽다. 가상현실 회의에선 또 팀 동료들이 이런저런 트집을 잡겠지. 무슨 말을 할지 안 들어 봐도 다 알 것 같다.

이경, 늘 그렇듯 결과물은 훌륭하지만

일단 칭찬을 한 후,

하지만 시타델 사람들에게 폐소공포증을 불러일으키는 건 좋은 선택이 아닌 거 같아.

이렇게 운을 떼겠지.

던전을 답답하지 않게 크게 만들면 될 거예요.

라고 누가 제안할 테고,

던전 내부도 덜 무섭게 만들죠.

다른 이가 맞장구치며 대안을 내놓겠지.

가끔은 진짜와 비슷한 감각을 느껴 봐야죠.

이경이 까칠하게 대꾸하면 팀원들이 입을 모아 사람들이 가상 현실 게임을 하는 이유를 늘어놓겠지.

감각 허용치의 수위 조절은, 동료들과 이경이 늘 대립하는 주제였다. 게임이 대성공을 거두고 말릭이 이경에게 절대적 지지를 보내고 있긴 하지만, 피드백 회의는 항상 피곤했다.

그런 생각을 하자마자 전화 알림음이 울려서 이경은 깜짝 놀랐다.

역시 말릭이다. 이 시간에 전화 걸 사람이 말릭 말고 누가 있겠는가.

전화를 연결하자 스피커로 말릭의 경쾌한 목소리가 울려 퍼졌다.

좋은 밤!

"보통 사람들은 자는 시간이고요."

이경이 방어적으로 대꾸했다. 말릭이 이 시간에 전화했다는 건 뭔가 재미있는 아이디어나 계획이 떠올랐다는 뜻이니까.

이경이 다니는 게임 회사 '트라이비'의 대표 말릭은 몇 가지 치명적인 단점이 있다. 그중 하나가 뭔가 좋은 생각이 떠오르면 회사 안이든 밖이든, 한밤중이고 새벽이고 아랑곳없이 사람들에게 자신의 생각을 들려준다는 것이다.

그 개척 대원을 네가 가이드하면 좋을 거 같아.

이건 또 무슨 소리야.

이경은 스피커를 노려보았다. 말릭의 또 다른 단점은 사람은 다른 사람의 머릿속을 들여다볼 수 없다는 걸 종종 잊는다는 것이다. 아니, 말릭은 법적으로 문제가 없다면 서로의 머리통을 공유하는 게 효율적이라고 생각할 사람이었다.

뇌-인터페이스를 통해 서로 소통하는 유행이 한 세대 전에 끝난 게 얼마나 다행인지 모르겠다.

"누구라고요?"

이경은 조금도 궁금하지 않은 목소리로 물었다.

내가 뉴스도 좀 보라고 누누이 말했지.

이경은 뉴스를 검색했다.

지상 개척 30주년 심포지엄이 열려서 개척 기지 대표들이 방문했다는 뉴스들이 가득 떠올랐다. 이미 며칠 되었고 심포지엄 영상, 인터뷰 등이 잔뜩 있었다.

그런데 이게 나랑 무슨 상관이람. 개척 대원 가이드?

이경은 전화를 끊어 버리고 싶은 충동을 겨우 억눌렀다. 갑자기 두통이 엄습해 왔다.

내 얘기 좀 들어 봐. 개척 기지 알렙의 젊은 대원 하나가 내일 아마존을 방문해. 당연히 가이드도 하고 영상도 딸 텐데. 내 말 듣고 있어?

"네, 듣고 있어요."

전화를 왜 받았는지 후회하는 중이지만.

그 개척 대원을 네가 안내하는 거야. '아마존 어드벤처' 게임을 만든 디자이너, 천재 소녀 이경과 젊은 개척 영웅의 만남! 어때, 화제성이 엄청나겠지?

이경은 어이가 없어서 말문이 막혔다.

"저는 디자이너라고요, 말릭."

알지. 내가 가장 사랑하는 직원. 그리고 아마존에서 가장 뛰어난 **연결자**이기도 하잖아.

"뭐, 그 개척 대원한테 **연결**이라도 하라는 건가요? 아직 사람한테 해 본 적은 없는데요."

말릭이 유쾌하게 웃었다.

"아마존 일은 아마존에서 일하는 공무원들에게 맡겨야죠. 그러라고 월급 받고 일하는 거잖아요. 엄연히 공보관이 있다고요."

너도 거의 아마존의 준공무원이잖아. 그 **연결자** 일은 네 업무라서 하는 거야?

"그건!"

이경은 말릭에게 말리고 있다는 걸 느끼고 화제를 돌렸다.

"직접 하시지 그래요. 매스컴 좋아하시잖아요."

너희 둘이 그림이 더 좋아. 내 말 좀 들어 봐, 이경. 이 일은 우리 게임의 확장에 중요한 계기가 될 거라고.

말릭은 지나치게 열정적이다. 그런 사람들이 CEO가 되는 거겠지만. 말릭은 지치지도 않는다. 이경은 이제 열여덟 살인데도 늘 피곤한데 말이다. 말릭은 에너지가 닳지 않는 대용량 배터리 같은 심장을 가지고 있는 게 틀림없다. 늘 꿈을 향해 펄떡대는 심장.

우리 게임이 대성공을 거둔 건 사실이야. 하지만 난 여전히 목마르다고. 시타델은 너도 알다시피 이미 포화 상태잖아. 아니, 포화 상태를 넘어선 지 오래됐지.

가상현실 회의실이었다면 이미 홀로그램 스크린에 숫자와 그래프로 이루어진 프레젠테이션을 가득 띄웠겠지.

멀리 내다봐야지. 지상을 향한 사람들의 관심은 너무 일찍 식었어. 영구 이주 지원자도 거의 없다지. 지상의 기후가 조금씩 변화하고 있다지만 시타델 사람들에겐 여전히 너무 추워. 그렇다고 지상 개척 대원들에게 다 맡겨 두고 지상이 살기 좋은 낙원으로 바뀌기만 하염없이 기다릴 순 없는 거 아냐?

나는 그게 뭐가 문젠지 솔직히 모르겠어요. 삶의 방식을 강요할 순 없는 일이잖아요. 개척 대원들이야 자의로 올라간 사람들이고.

이경은 속으로 중얼거렸다.

지상으로 돌아가야 해. 드넓은 곳으로 말이야. 그럼 당연히 인구도 늘어날 거고, 우리 사업도 커지겠지.

이경은 그만 웃고 말았다.

어떻게 이런 말을, 한 치의 의구심도 없이 열정적으로 할 수 있을까.

'그래서 지상 개척과 영구 이주가 대체 언제 다 되는데요?'

이런 말을 해 봤자 말릭의 귀엔 들리지 않을 것이다. 말릭은 그런 사람이다.

시타델 사람들이 오래 사는 건 사실이다. 그래도 말릭처럼 먼 미래에 대해 생각하고 꿈꾸는 사람은 거의 없다. 시타델 사람들은 살아온 환경 때문인지 대부분 온건한 보수주의자들이다. 지금의 평화와 안전에 만족할 뿐, 변화를 원하지 않는다.

이경도 백년대계의 꿈같은 말에 매력을 느끼지 못했다. 이경은 그저 끔찍한 삶에서 운 좋게 벗어난 사람일 뿐이다. 지금의 삶에 아무런 불만도 없었다.

마침 그 개척 대원이 너와 나이가 같은 모양이야. 지하의 소녀와 지상의 소년이 만난다. 사람들의 판타지를 자극하기엔 딱이지. 아무것도 걱정할 거 없어. 둘이서 그냥 얘기 나누며 아마존을 거닐기만 해. 드론 카메라로 촬영할 거고 너희들이 나눈 얘기는 적당히 편집해서 자막으로 내보낼 거야. 중요한 건 이미지니까.

말릭이 늘 하는 말로 쐐기를 박았다.

꿈을 향해 한 걸음, 딱 한 걸음 내딛는 거야.

시타델의 청년 공동 주거 지구에서 자란 청춘에겐 늘 거부감이 드는 말릭의 슬로건이었다.

"알겠어요."

이경이 시큰둥하게 말했다.

"오전까지 대본 보내 주세요. 핵심만. 저 못 외워요. 아시죠?"

응. 내용은 중요하지 않다니까.

말릭의 꿈에 눈곱만큼도 감화되어서가 아니다. 개척 대원의 이상이 궁금해서도 아니다.

이경에겐 의미 없는 이벤트였지만 말릭의 부탁을 거절하지 못한 건, 그가 비참한 현실에서 이경을 건져 내 준 사람이기 때문이다. 성공한 괴짜이자 몽상가인 말릭.

'꿈을 향해 딱 한 걸음.'

말릭이 긴 손가락을 들어 올리며 이렇게 말하면, 주변의 사람들은 게걸음으로라도 한 걸음 떼지 않고는 못 배기는 것이다.

말릭은 그런 사람이었다.

이경은 눈을 떴다.

인공의 창으로 들어오는 인공의 아침 햇살 따위 없이. 인공적인 새소리도 없이.

아침에 혼자만의 공간에서 조용히 눈을 뜨는 것. 그게 행복이었다.

마음 깊은 곳에선 아직도 이 현실이 믿어지지 않는지, 이경은 여전히 예전에 살던 곳의 꿈을 꾸곤 했다.

방 한 칸에 바닥을 짜 넣어 만든, 누우면 관짝같이 느껴지던 다락방. 다락방을 오르다 미끄러지기 일쑤였던 사다리. 네 옷 내 옷 뒤섞여 수북하게 걸리고 쌓여 있던 옷가지. 벽을 덧대어 자꾸만 방을 만드는 바람에 서로 몸을 틀지 않고는 사람이 지나갈 수 없던 길. 주말이면 빨래방 앞에 길게 줄지어 서서 소곤소곤 나누던 이야기들.

그런 익숙한 소음과 냄새, 질식할 것 같은 폐소공포 속에 눈을 뜨는 날이면, 불안해졌다. 꿈에서 깬 건지, 눈을 뜬 여기가 꿈속인 건지.

저 멀리 있는 천장을 물끄러미 보노라면 차츰 불안이 가라앉았다. 만약 여전히 청년 공동 주거 지구에 살고 있다면 천장이 저렇게 높을 리가 없기에.

가구와 소소한 소품까지 오롯이 이경의 취향으로 채워진 원룸이었다.

처음 이곳으로 옮겼을 때 이사업체는 당연하다는 듯 디지털 조경업사를 데려왔다.

"여기 샘플 파일 좀 보시죠. 마천루와 스카이웨이가 멋진 통창이 인기 품목입니다. 자연을 좋아하시는 분들은 숲이나 바다가 보이는 발코니를 선호하시고요. 시각에 따라 변하는 거리 뷰도 많이들 좋아하시죠. 야경이 일품이거든요."

이경은 고개를 저었다.

"아무것도 필요 없어요."

"예?"

조경업자가 눈을 끔뻑였다.

"벽을 그냥 비워 두신다고요?"

"네."

그는 이경을 살펴보다가 이해했다는 듯 자애로운 미소를 지었다.

"아, 저층 지구에서 오셨다고 했죠. 거긴 정말……. 걱정 마세요. 저희 제품의 프레임률은 웬만한 고사양 게임 이상입니다. 전혀 조악하지 않습니다. 완전 진짜 같죠. 싫증 나실 거 같으면 일 년에 한 번 교체 가능한 구독형 상품도 있습니다."

"아니요."

이경은 고개를 저었다.

"그냥 벽이면 돼요. 진짜 벽."

그 후 이경은 손수 벽에 칠을 했다. 그거면 충분했다.

✦

무빙워크를 타고 지구광장으로 가서, 고속 엘리베이터를 타고 튜브가 있는 층에 내려 개찰구를 통과했다. 매일의 출근길이다.

평소처럼 튜브의 녹색 칸에 타자, 주웨이가 환하게 웃으며 손을 흔들었다. 쑥스러워하면서, 이경도 슬쩍 손을 흔들었다.

거대 지하도시 시타델의 시민들은 대체로 눈동자, 피부, 머리색이 연하다. 오랜 세월 밀도 높은 환경에 살다 보니 저절로 그렇게 변화했다는 말도 있고, 지하 세계의 유행에 따라 여러 가지 유전자 시술이 축적되다 보니 그렇게 되었다는 말도 있다.

조상이 아프리카계인 주웨이는 우유에 초콜릿 한 조각을 녹인 듯한 피부색이었다. 윤기 흐르는 피부에 웃으면 하얗게 드러나는 이가 정말 예쁘다고 이경은 늘 생각했다.

주웨이는 피부색과 잘 어울리는 분홍색의 너풀거리는 옷과 커다란 장신구를 즐겼다. 하지만 오늘은 얌전한 정장을 입고 있었다. 주웨이는 아마존의 홍보를 담당하는 공보관이어서 중요한 방문자가 있는 날에는 정장을 챙겨 입었다. 이경은 시무룩해졌다. 새벽에 걸려 온 말릭의 전화가 떠올랐기 때문이다.

거절했어야 했어. 낯선 사람과 숲을 걷는다니. 그런 걸 어떻게 하냐고.

"어제도 밤늦게까지 작업한 거야? 아유, 눈 밑 거뭇해진 거 봐.

이따 점심시간에 마사지해 줄게."

이경은 벌써 귀찮아져서 눈썹을 찡그렸다. 주웨이 옆에서 진수가 고개를 삐쭉 내밀었다.

"안녕, 이경."

"안녕, 진수."

진수는 아마존의 설비팀 직원인데 근무 시간 대부분을 숲에서 보냈다. 그래선지 보호색처럼 녹색이나 갈색의 옷만 입었다. 동물들은 진수를 나무나 바위 취급한다. 말수가 적은 진수와 수다쟁이 주웨이가 부부인 건 아마존 공무원들의 불가사의다.

"그건 뭔데 열심히 읽고 있어?"

이경이 진수가 고개를 파묻은 책자를 가리켰다.

"아주 황홀경에 빠졌지? 어젯밤 저거 읽느라 우리 부부 대화가 세 마디에서 한 마디로 줄었답니다."

"뭔데?"

"진수가 일 년 동안 국장님께 사정사정해서 승인받은 균열 감지기 설명서야."

"와, 축하해, 진수. 진짜 좋겠다."

이경이 진심으로 기뻐하며 말했다. 진수가 시스템 벽의 균열들 때문에 얼마나 힘들어하는지 잘 알기 때문이었다.

"이경, 어제 고마웠어."

"아니야. 할 일 한 건데, 뭐."

"어제 또 우리 영웅께서 한 건 하셨니?"

주웨이가 남편과 이경을 번갈아 보며 장난스럽게 물었다. 진수는 고개를 끄덕였다.

"동쪽 시스템 벽에 균열이 생겼는데 거기서 흰개미가 집을 짓기 시작한 걸 발견했어. 이경이 흰개미 여왕에 **연결**해서……."

"종족 대이동이 일어났겠네."

주웨이가 알 만하다는 듯 고개를 절레절레 저었다.

"이경 아니었으면 큰일 날 뻔했네. 사람들은 우리가 늘 이런 비상사태 속에 살아간다는 걸 알까?"

이경이 어깨를 으쓱했다.

"모르는 게 약이지."

"이건 진작에 승인되었어야 할 물건이라고."

주웨이가 남편을 대신해 불만을 토했다.

"자원관리국의 늙은 짠돌이들. 시스템 보수에 인력이 더 필요하다, 장비들이 너무 노후되었다, 아무리 얘기해도 아주 귓구멍이 틀어막혔지 뭐야. 애초에 아마존이 자원관리국 산하에 있는 게 말이 되냐고."

출발 시각 직전에 아리가 허겁지겁 뛰어왔다. 아슬아슬하게 문이 닫히고, 곧 튜브가 아마존을 향해 출발했다.

"어제도 수술 있었어? 너도 이따 이경이랑 같이 마사지받아야겠다. 피부가 그게 뭐야?"

주웨이가 자리를 내주며 혀를 찼다. 아리가 눈을 비비며 텀블러에 담긴 커피를 들이켰다. 합성 식품이긴 해도 커피는 아리의 생명수였다.

"초산이었는데 어미가 새끼를 낳다 죽었어. 갑자기 절개 수술로 바뀌었지."

"새끼는? 살 수 있을 것 같아?"

"해 봐야지."

색이 바랜 텀블러, 얼룩이 묻은 회색인지 흰색인지 모를 옷, 한 가닥으로 질끈 묶은 밀짚색 머리. 진수 못지않게 변함없는 모습이다. 일에 지쳐 무표정한 얼굴에 말투도 건조하지만 아리는 정 많고 마음 약한 타입이었다.

의료지원팀과 위기관리팀은 아마존 공무원 중에서도 바쁘기로 늘 선두를 다투었다.

아리는 속이 쓰린지 배를 어루만졌다.

"참, 이경. 이따 시간 좀 내줄 수 있어? 늦거북을 돌려보낼 건데 도와줬으면 해서."

"알았어. 그 등갑 깨진 애?"

아리가 피곤한 얼굴에 미소를 머금었다.

"기억하는구나. 등갑 붙이느라 난리도 아니었지. 파충류가 피 철철 흘리는 꼴은 처음 봤지? 다행히 잘 아물었어. 그래도 일 년 만의 복귀라 좀 걱정이 되네."

"보호소에서 일 년이라니. 최장기 입소자 아니야? 그래도 돌아가게 돼서 다행이다."

아리가 배를 쓰다듬으며 고개를 끄덕였다.

아마존엔 치료 시설과 임시 보호소가 있을 뿐, 다친 동물을 영구적으로 보호할 시설은 없다.

시타델에서 인간이 아닌 생명체가 있는 곳이라곤 인공의 자연, '아마존'뿐이었다. 아마존은 원칙적으로 '자연 순환 시스템'으로 유지되며 인간의 관여는 최소한으로 제한되어 있다. 그 최소한 관여의 원칙을 지키는 게 등골 빠지는 일이어서 문제지.

그 때문에 아마존을 관리하는 공무원들은 도움의 손길에 늘 목말라 있었다. 주웨이가 일종의 파견 직원이었던 이경에게 **연결자** 연수를 받아 보라고 슬쩍 부추긴 것도 이런 이유에서다.

연결이란 위기관리팀 소속 공무원들의 특수 업무이다. 교육 훈련과 자격시험까지 거쳐야 하는 어려운 업무이기도 하다.

아마존의 생명체들은 인공 비에 흘려 넣은 나노봇으로 신경계에 접속할 수 있다. 동물을 구하는 목적으로 신경계에 접속하여 동물의 의지에 영향을 주는 행위를 **연결**이라고 부른다.

연결은 오래전 한 불법 게임에서 유래했다고 한다. 그땐 이름도 달랐었다. **싱크.** 지금은 공인 자격증을 가진 위기관리 전문가 외엔 법으로 엄격히 금지된 행위다. 모방 심리를 부추기지 않기 위해 이름도 **싱크**가 아니라 **연결**로, 평범하게 바꾸었다.

이경이 아주 예민한 감각을 지니고 있다는 걸 안 주웨이가 한 번 훈련을 받아 보라고 했고, 막상 해 보니 이경은 위기관리팀 누구보다 뛰어난 능력을 발휘했다.

아마존의 공무원들은 내적 희열을 꾹 누르고 짐짓 이경에게 이런저런 도움을 청했다. 물론 이경은 기꺼이 도와주었고. 그렇게 거미줄에 칭칭 감긴 예쁜 나비처럼 이경은 아마존의 식구가 되었다.

"오늘도 바쁘겠네."

주웨이가 양쪽으로 팔을 펼쳐 친구들의 어깨를 팡팡 두드렸다.

"나도 오늘 바빠. 특별한 방문객이 있거든."

친구들의 반응을 살피는 주웨이의 눈이 반짝였다.

이경은 물론 누군지 알지만 잠자코 있었다. 주웨이의 행복을 뺏을 순 없으니까.

"특별한 방문객?"

아리가 고개를 갸웃했다.

"누굴 거 같아?"

주웨이는 쉽게 비밀 주머니를 풀 생각이 없어 보였다.

"전혀 모르겠어."

아리는 진심 궁금해 죽겠는 표정이었다. 이경도 짐짓 눈을 동그랗게 떴다. 주웨이는 만족한 표정으로 활짝 웃었다.

"놀라지 마."

그러고도 시간을 끌었으므로, 아리가 꼬집는 시늉을 했다.

"어서 말 안 할래?"

"아야, 진짜 놀라지 마. 이번에 지상 개척 30주년 심포지엄에 참석한 개척 대원이야. 그것도 개척 2세대."

아리의 입이 벌어졌다.

"개척 2세대? 처음 아니야?"

"처음이지. 아주 젊어. 이경 또래라던데?"

"그렇게 어린데 심포지엄에 대표로 온 거야?"

"거긴 우리랑 다르지. 노동력이 부족하잖아."

"일찍 어른이 되는 거군."

"그래서 여기 젊은이들이 지상 이주 자원하면 지원도 빵빵하잖아."

"시타델 애들이 지상에서 잘도 적응하겠다."

"흠."

아리가 고개를 끄덕끄덕하며 이경을 보았다.

"우리 애어른 이경이랑 그쪽 애어른이랑 둘이 만나면 재밌겠다."

이경은 웃어야 할지 울어야 할지 모를 기분에 슬쩍 한숨을 쉬었다.

이경은 작업실로 들어가 문을 닫고 한숨을 쉬었다. 그러곤 블라인드를 올렸다. 창밖으로 펼쳐진 광활한 숲은 매일 보아도 물리지 않는 장관이다. 인공 바람에 숲이 물결치고 있었다. 숲이 우는 소리가 좋아서 창문을 열어 두고 작업한다.

아마존의 원래 이름은 '신아마존'이지만 이젠 아무도 그렇게 부르지 않는다. 진짜 아마존은 더 이상 존재하지 않으니까.

구세계에 실재했던 열대림을 인공적으로 재현한 것이라 했다. 구세계가 몰락하기 전에.

거대 지하도시와 신아마존의 건설에는 파멸을 향해 치닫던 구세계의 행성 이주 계획 실험이라는 거창한 배경이 있다고 배웠다. 뭐라더라, 물도 공기도 없는, 어쩌면 지표면에서 살 수 없을지도 모르는 외계 행성에 인간을 위한 자급자족 시스템을 갖춘 기지를 세우기 위한 실험?

아마 말릭 같은 사람이 백 명 천 명쯤 있어서 그런 공상을 실행에 옮겼나 보다.

결과적으로 지상이 멸망했을 때 그 실험에 참여한 과학자와 지원자들이 '겨우 살아남은 자들'이 되었지만.

이경이 처음 아마존을 본 건 열두 살 때였다. 첫 번째 단체 견학은 중앙박물관이었고, 두 번째가 아마존이었다.

오래전엔 숲으로 내려갈 수도 있었다고 하지만 지금은 금지되었다. 전망대에서 아마존을 조감하는 게 전부다. 고성능 망원경으로 숲의 동식물을 관찰하고, 스피커로 숲의 소리를 듣고.

그래도 이경은 너무 좋았다. 숲의 모습에 압도되었다. 바람에 몸을 떠는 아마존은 살아 숨 쉬는 거대한 몬스터 같았다.

스피커로 무서운 소리가 울려 퍼졌다. 아이들은 두려워서 오들오들 떨며 선생님에게 우르르 달려갔다. 선생님이 저건 숲의 울음소리라고 말했다. 아이들이 더욱 두려워하자 선생님이 웃으며 이야기했다. 비유적 표현이라고, 인공 바람이 불어서 저런 소리가 나는 거라고.

숲의 울음소리.

그 말은 불행했던 어린 이경의 가슴에 깊은 인상을 남겼다.

이경은 아마존의 꿈을 꾸었다. 꿈에서 아마존은, 고독한 거대 몬스터, 고통받는 신이었다. 이경은 그림을 잘 그렸다. 어릴 때부터 괴로움을 잊기 위해 그림에 몰두하곤 했다. 이경은 꿈에서 본 것을 그리기 시작했다.

트라이비 본사에 마련된 쾌적한 작업실 대신, 이곳을 원한 건 이경이었다. 아마존 전망대에 붙은 교육관 구석의 비품실. 치우고 보니 꽤 쓸 만했다. 무엇보다 전망이 일품이었다.

"아마존의 품에서 아마존에서 영감을 얻은 게임을 디자인한다. 최고지."

말릭은 군말 없이 허락했다. 말릭이 이경을 편애한다는 불만의 소리가 높았지만 지금은 쏙 들어갔다. 게임이 대성공을 거두었기 때문이다. 이 업계는 실력과 성적, 그 두 가지가 전부다.

아마존의 풍경이 일상이 된 후에도 아마존을 향한 이경의 사랑은 여전히 뜨겁고 애틋했다.

오랜 꿈을 살고 있는 지금, 이경은 매일이 꿈만 같았다. 행복했고 지금의 삶에 만족했다.

작업에 몰두하다 문득 정신이 들어 시계를 보니 아리와 약속한 시간이었다.

이경은 **연결**할 준비를 하고 맵을 실현했다. 아리가 보낸 좌표를 구동하자 초록빛 광점이 숲속 깊은 바닥에서 밝게 깜박였다. 이경의 뇌 속 신경계의 한 점도 함께 깜빡이고 있으리라. 두 파동이 일치될 때, 이경은 뛰어들었다.

슈우욱!

늪거북의 신경계와 이경의 신경계가 **연결**되었다. 이 **연결**은 가상현실 게임의 아바타에 접속하는 기분과는 사뭇 다르다. 똑같이 뇌-인터페이스에서 이루어지지만 **연결**은 너와 나를 구분하는 이성의 벽이 사라지고, 정말로 일체가 되는 느낌이다.

등갑. 마치 방패를 업은 것 같다. 묵직하지만 안정감을 주었다. 자신을 안전하게 보호해 주는 방패가 부서지는 사고를 당했으니

거북은 정신적 외상을 입었을 것이다. 솔직히 등갑이 부서졌다고 그렇게 피범벅이 될 줄은 몰랐다. 이경에게도 꽤 충격적인 기억이었다.

축축한 습지를 디딘 두꺼운 발바닥으로 진동이 느껴진다. 멀어지는 사람들의 걸음이 만드는 진동이다. 아리와 다른 직원들이겠지.

거북이 동요했다. 목을 쭉 빼고 불안하게 두리번거린다. 아리도 몇 번이고 뒤돌아보고 있겠지. 여기선 보이지 않지만.

극도로 불안해하는 거북의 상태가 이경의 신경을 헝클어 놓는다. 이것이 **연결자**의 힘든 점이다. 감각과 감정의 공유를 넘어 지배당할 위험이 항상 존재한다는 것.

후우. 이경은 정신적인 심호흡을 했다.

정신 차리자. 주도권을 가져와야 한다, 지금은.

이경은 거북을 다독였다.

자, 주위를 둘러봐. 흑갈색 세상이야. 잎, 뿌리, 유기물들. 밀려오고 쌓이고 썩어 가는 것들의 색이야. 익숙한 냄새는 편안하고 다정하지. 거칠고 축축한 감촉은 기분 좋아. 다 기억하잖아. 집으로 돌아온 거야.

단단하고 휑한 흰색 바닥. 소독약 냄새. 깨진 등갑에 후크를 박을 때의 충격과 고통. 다 잊어. 인간의 냄새. 인간의 비정하고 딱딱한 물건들. 곧 잊게 될 거야. 다시 그것들을 만나고 그 냄새를 맡을 일은 없을 거야.

상처는 다 아물었고 너는 다시 강해졌어.

돌아온 거야. 원래 자리로. 아늑하고 풍요로운 네 집으로. 넌 이제 자유야.

시각이, 청각이, 후각이, 담는 모든 정보들마다 긍정적인 기억을 일깨운다.

거북의 불안이 차츰차츰 가라앉는 걸 느끼며 이경의 마음도 편안해졌다. 이경은 강렬한 허기를 느꼈다.

여기 맛있는 게 많았잖아. 어서 맛보자. 배를 채우자.

이경의 재촉에 거북이 한 걸음을 내디뎠다. 또 한 걸음. 축축한 흙이 참 기분 좋다.

찰박. 앞발이 물에 닿았다. 넘실대는 물결이 만족감을 준다.

스르륵. 미지근하고 뿌연 물속으로 미끄러져 들어갔다. 네발을 날개처럼 펼쳐서 저으며 물과 일체가 된다. 느리게 앞으로 나아가며 혀로 물풀을 말아 올려 씹는다. 이경의 입맛에 미식이라고 할 순 없지만 이 정도는 괜찮았다. **연결** 중에 더한 맛도 많이 봤다.

이경은 느긋하게 물을 즐겼다. 이 순간의 충족감은 **연결자**가 아니면 알 수 없는 것이다.

아리에겐 말하지 않을 생각이었다. 아리가 애착을 느낀 동물들이 얼마나 빠른 속도로 그녀를 잊는지.

＊

내 부모란 사람들은 왜 나를 낳았을까 생각한 적이 있었다. 이런 삶 굳이 살지 않아도 되었는데.

오래 살았기 때문에 지루해서였을까. 늙은 이경의 부모는 이경을 낳아 몇 년 키우지도 않고 국립양로원으로 들어가 버렸다. 약간의 재산만 남기고. 다른 많은 늦둥이들처럼 이경은 고아나 다름없는 신세가 되었다.

이경은 감각이 극도로 예민했다. 날 때부터 그랬던 것 같다. 그런 이경에게 저층의 청년 공동 주거 지구는, 끔찍했다.

살인적인 인구 밀도로 길은 물론이고 광장이라 불리던 곳까지 야금야금 먹어 들어간 주거 공간. 유아원이나 학교, 공공장소에 속한 공간도 넉넉지 않긴 마찬가지였다. 출퇴근이나 등하교 시간이면 말 그대로 사람들이 밀려다니며 여기저기서 악다구니가 벌어졌다.

환경이 주는 스트레스를 해소하기 위해 정부는 '디지털 조경'을 도입했다. 넓어 보이도록, 쾌적해 보이도록, 실제와는 달리 아름답게 보이도록.

하지만 세금으로 운영되는 디지털 조경은 리뉴얼하기가 어려울 수밖에 없었다. 예민한 사람에겐 디지털 조경의 조악함이 오히려 공해였다.

대부분의 사람들은 그럭저럭 넘어갔지만 이경에게 디지털 조경은 현실을 가리지도 못했고 지독한 감각적 피로만을 느끼게 했다.

이경은 잦은 두통과 폐소공포에 시달렸다. 이경에게 어리다는 건 절망의 다른 이름이었다. 참고 견뎌야 할 나날이 더 많다는 뜻이니까. 위안거리라곤 유아원이나 학교에서 지급하는 그림 도구로 그림을 그리는 일뿐이었다. 이경이 그림을 그리고 있으면 아이들이 다가와 들여다보곤 물었다.

넌 왜 이렇게 보기 흉한 것만 그려?

그러게. 예쁜 색으로 예쁜 걸 그려야지.

이경이 그린 건 이경과 아이들이 실제로 살고 공부하고 걸어 다니는 곳의 풍경이었는데. 그래서 이경에겐 또래 친구가 없었다. 서로 보는 것이 다른데 어떻게 친구가 되겠는가. 이경은 아마존의 작업실에 상주하면서 처음으로 친구가 생겼다. 자기보다 훨씬 나이 많은 동료들이지만.

열두 살 때 아마존에 다녀온 뒤로, 이경은 아마존에 관한 거라면 뭐든 수집했다. 아마존에서 운영하는 홈페이지에 들어가 사진과 영상을 내려받아 갤러리를 만들었다.

이경은 아마존의 숲과 늪, 동물과 식물을 그리고 또 그렸다. 똑같이 그린 게 아니라 자신의 마음을 담아 의인화한 모습으로. 아마존의 자연은 이경의 손끝에서 삐딱하지만 자유분방한 몬스터들로 재탄생했다. 가장 많이 그린 건 아마존 그 자체를 거대 몬스터로 형상화한 이미지였다.

이경은 시타델에 널린 안전하고 예쁘게 꾸민 모습보다 자신의 그림이 더 멋지다고 생각했다. 더 진실하니까. 진짜 마음이 들어 있으니까.

구세계에 살았던 사람이 이경의 그림을 보았다면 이렇게 말했을지도 모른다.

너, 예술가구나?

하지만 지금 세상에선 예술가라는 단어가 사라진 지 오래였다. 게임 개발자나 디지털 조경 디자이너, 가상현실 스토리텔러, 그 밖에 다양한 창조적인 직종들이 있었지만 아무도 자신을 예술가라 칭하지 않았다.

이경은 아마존이 그리웠다. 영혼의 일부를 거기 두고 온 것처럼. 잠시였지만 그곳에 있었을 땐 마음이 편안했었다.

이경은 자신의 그림을 SNS 개인 계정에 올렸다. 그림을 그리고, 그린 그림을 공유할 때만 살아 있다고 느꼈다. 한편으론 외롭기도 했다. 자신의 그림을 보고 이해해 주는 사람이 있었으면 했다. 독특하다고 좋아하는 사람도 있었고, 기괴하다며 싫어하는 사람도 있었다. 하지만 진정으로 이해해 주는 사람은 없는 것 같았다.

그렇게 지내던 어느 날, 이경에게 메시지 하나가 와 있었다.

안녕, 나는 말릭이야. 게임을 만들고 있어. 다른 일들도 하지만 가장 좋아하는 일은 게임 만드는 거지. 네 그림이 내게 영감을 줬어. 너와 함께 일하고 싶어. 이 링크로 들어와.

말릭이 누군지 몰랐던 이경은 무심히 링크를 클릭했다.

게임 회사 트라이비의 채용 공고였다. 아마존을 테마로 한 게임을 제작하는데 콘셉트와 배경, 캐릭터를 담당할 디자이너를 공개적으로 모집하는.

지원자는 포트폴리오를 준비해서 17일 09시에 본사 면접장으로 오십시오. 관계자에게 사전 제안을 받은 지원자는 서류 전형이 면제됩니다.

이경은 얼떨떨한 기분으로 공고를 소리 내어 읽었다.

포트폴리오? 지원? 면접?

이게 다 무슨 소린지. 게임 디자이너? 시타델에서 게임 산업은 인기 있는 분야 중 하나였다. 아무나 도전할 수 있는 일이 아니었다. 최첨단 기술을 돈 걱정 없이 배울 수 있는 부유한 엘리트들이나 할 수 있는 직종이었다. 이경은 꿈도 꿀 수 없는 일이란 뜻이었다.

시타델의 가상현실 게임은 고도로 발달해서 게임 속 세상이 정말로 실재하는 듯 생생했다. 대부분 현실에 없는 환상적인 배경과 멋진 캐릭터가 나왔다.

그에 비해 이경의 그림은 누가 봐도 기괴하고 이상하다. 게다가 이경은 나이도 어리고 경력도 없고 게임 제작에 대해선 아무것도 모른다.

검색을 해 보니 트라이비라는 회사가 진짜 있기는 했다. 대표 이름도 말릭이 맞았고. 하지만 이경도 검색 가능한 정보니 얼마든지 사기를 칠 수 있는 일이었다.

게다가 주소를 보니 트라이비 본사는 고층 지구, '소호'라는 별 칭으로 불리는 최고의 IT 회사들이 모여 있는 거리에 있었다.

애초에 이경이 입사를 꿈이라도 꿀 수 있는 곳이 아니란 뜻이다.

세상일에 관심 없이 우울하게 살아오긴 했지만 이경도 그 정도 는 알았다. 평화로운 시타델에도 사기꾼은 있다는 걸. 불쌍한 사 람들을 더한 비참의 구덩이에 빠뜨리는 나쁜 사람들 말이다.

이경은 신경 끄기로 했다. 하지만 이상하게도 면접 일자는 머릿 속에 남아 떨어지지 않았다.

면접일 전날 밤 이경은 꿈을 꾸었다. 자신이 그린 아마존 몬스 터가 큰 소리로 포효했다. 왠지 화가 난 것 같았다.

꿈에서 깬 이경은 마음이 안 좋았다. 자신이 무얼 잘못하는 것 같은 기분이 들었다. 계정을 열었다. 새로운 메시지가 와 있었다.

나 말릭이야. 드디어 내일이면 너를 만날 수 있네. 혹시 오지 않을 생각은 아니지? 만약 그렇다면 이걸 명심해. 꿈을 향해 한 걸음. 그 한 걸음이 없다면 아무 일도 일어나지 않는다는 걸.

이경은 다락방에 누워 천장을 노려보았다.

말릭 당신이라면 이런 관짝에 누워 꿈을 꿀 수 있어? 나는 악몽 말곤 어떤 꿈도 꿔 본 적 없는데.

이경은 말릭이란 사람에 대한 반항심과 오기로 면접을 보러 가기로 마음먹었다. 그래, 사기면 어때. 안 속으면 된다. 구경이나 하고 오지 뭐. 더 비참해질 수도 있지만 어차피 비참한데 하루를 더 보태면 뭐 어때. 이경은 부랴부랴 지원서를 써서 올리고 잤다.

다음 날 이경은 가진 옷 중에서 그래도 가장 좋은 옷을 입고 포트폴리오가 담긴 개인 단말기를 들고 트라이비 본사를 찾아갔다.

고속 엘리베이터가 빠른 속도로 올라갈 때 이경은 덜컥 겁이 났다. 이경은 고층 지구엔 한 번도 가 본 적이 없었던 것이다.

엘리베이터 문이 열릴 때마다 세련된 옷차림과 완벽한 외모, 당당한 표정을 한 사람들이 탔다. 이경은 거울에 비친 자신을 보았다. 직접 그린 몬스터를 프린트한 검은 원피스를 입은 이경은 누가 봐도 촌뜨기 괴짜였다.

마침내 트라이비 본사가 있는 소호 층에 도착했다. 문이 열리기도 전에, 이경의 심장이 거세게 뛰었다.

엘리베이터의 문이 열리고, 이경은 주춤주춤 걸어 나갔다. 이경은 잘못 배달된 물건처럼 소호 층의 중앙광장 한복판에 한참을 덩그러니 서 있었다.

소호 층은 달랐다.

우선 공간의 밀도가 달랐다. 이경이 사는 곳보다 층고가 두 배는 높은 거 같았다. 넓이는 세 배쯤. 이런 비교는 사실 무의미했다. 이경이 사는 층의 광장은 계속 구조물이 들어서고 공간이 채워지는 바람에 원래 크기를 알 수 없게 된 지 오래였기 때문이다.

사람들의 밀도도 달랐다. 이경이 온 곳과 비교하면 거의 사람이 없는 것처럼 느껴질 정도였다. 워낙 크기부터 달라서 그렇게 느껴지는 것일 테다. 튜브에서 내리고 타는 사람들도 부유하고 여유로워 보였다.

하지만 그런 것 때문이 아니었다. 이경이 느끼는 낯선 이질감은. 이경은 그 이유에 대해 생각하느라 한참을 멍하니 서 있었다.

항상 피곤하게 날이 서 있던 감각이 왠지 모르지만 누그러져 있었다. 쾌적하고 편안했다. 두통에 시달리던 사람이 맑고 상쾌한 머리로 깨어났을 때의 기분과 비슷했다. 이 낯설디낯선 곳에서 난생처음 느끼는 편안함이라니. 행복해 본 적이 없어서 모르겠지만 아마 이게 행복감 비슷한 게 아닐까.

이경은 이유를 깨달았다.

'디지털 조경'이 없었다. 이곳엔 그런 게 없었다.

트라이비 본사는 튜브로 이동하지 않아도 될 가까운 거리에 있었다. 이경은 그곳으로 이어지는 무빙워크를 탔다.

양방향으로 뻗은 무빙워크의 폭은 컸고, 무빙워크를 탄 사람도 적었다. 그 덕분에 반대 방향으로 가는 사람과 눈이 마주치지 않아도 되었다. 출퇴근과 통학 시간, 인파에 떠밀리며 서로의 일그러진 얼굴을 외면하던 풍경이 떠올랐다.

거리의 풍경은 조용하고 고상했다. 사람들은 이곳에서 비교적 전통적인 방식으로 사는 듯했다.

"저, 왜 울어요? 어디 아픈가요?"

누군가 이경에게 말을 걸었다. 정장을 입고 손에 개인 단말기를 든 여자였다. 걱정스러운 표정을 짓고 있었다. 이경은 자신이 울고 있는 줄도 몰랐다.

이경은 고개를 저었다.

"아니요. 괜찮습니다. 저는, 괜찮습니다."

이경이 살던 저층 지구에서, 이경의 지나치게 예민한 감각은 삶을 힘들게 했었다. 하지만 이곳에선 아니었다. 편안히 숨을 쉬며 살 수 있었다. 이경은 포트폴리오가 든 단말기를 꽉 움켜쥐었다.

그 순간 이경은 꿈이 생겼다. 여기서 일하며 살겠다는 꿈. 도착할 때와는 완전히 달라진 표정으로, 이경은 결연하게 걸음을 내디뎠다.

꿈을 향한 한 걸음을.

트라이비사의 휑할 정도로 큰 면접장엔 열 명의 면접관과 그 두 배쯤 되는 지원자가 마주 보며 앉아 있었다. 양쪽이 다 볼 수 있는 위치에 커다란 프레젠테이션 스크린이 있었다.

면접관의 수는 생각보다 많았고, 지원자의 수는 예상보다 적었다. 이경은 긴장으로 온몸이 차가워지는 걸 느꼈다.

면접관도, 면접을 보러 온 사람도 모두 세련되고 자신감 있는 모습이었다. 스크린에 지원자의 포트폴리오가 차례로 펼쳐졌다.

지원자들의 작업물은 완성도가 높았다. 무엇보다 게임에 대한 이해와 경험이 잘 드러났다. 전문적인 교육을 받고 훈련을 거친 사람들의 작업물이라는 게 한눈에 보였다. 그들의 작업물에 비하면 이경의 그림은 거칠고 정제되지 않은 날 것이나 다름없었다. 이경의 마음속에서 희망이 꺼져 갔다.

그럼 그렇지. 나에게 이런 커다란 행운이 주어질 리가.

마침내 이경 차례가 되었다. 이경은 떨면서 자리에서 일어섰다.

사람들의 눈앞에 이경의 작업물이 펼쳐졌다.

아마존에 서식하는 각종 식물과 동물을 몬스터로 표현한 그림들. 선은 거칠고 색은 튀었다. 어디에도 없는 낯선 이미지이면서도 살아서 꿈틀대는 듯 생생하기도 했다.

다른 지원자들의 세련된 작품과 달리, 자신의 고통과 욕망이 그대로 투영된 그림을 전문가들 앞에 내보이는 게 이경은 괴롭고 부끄러웠다. 이경은 자포자기한 심정으로 생각했다. 그 말릭이란 사람이 나를 놀리려고 여기 부른 거군. 창피를 주려고. 내가 기죽을 줄 알고?

"이건 뭐죠?"

면접관 하나가 눈썹을 찡그리며 스크린을 가리켰다.

"아마존입니다."

희망을 버리니 차라리 마음이 담담해졌다.

"아마존? 아마존은 푸르지 않나요? 이건…… 시커먼 철사 덩어리 같기도 하고…… 거대한 괴물 같은데?"

"네. 고통의 신 아마존을 형상화한 것입니다. 창조신이 세상의 고통을 강철의 실로 자아내 그를 만들었다는 설정입니다."

이경은 될 대로 되라는 심정으로 대답했다.

면접관들 사이에서 웅성거리는 소리가 들렸다.

"음……."

질문을 한 면접관이 곤혹스러운 표정으로 이마를 문질렀다.

"지원자는…… 음, 재능은 있는 거 같군요. 하지만 방향성이 저희와……."

그때 면접장 문이 스르륵 열리며 누군가 들어섰다. 뚜벅뚜벅, 구두 굽 소리가 경쾌하게 울려 퍼졌다. 난데없는 침입자는 발걸음 가볍게 면접장을 가로질러 빈 의자에 털썩 주저앉았다. 지원자들 사이에서 웅성거리는 소리가 커졌다.

삼십 대 중반 정도일까? 시타델 사람치곤 큰 편인 키에 다른 면접관들보다 편한 옷차림이었다. 매부리코와 얇은 입술에 안광이 형형한데 권위적인 느낌이 없고 어딘가 개구쟁이 같은 인상이었다.

"아, 계속해요. 던."

그가 말하자 던이라 불린 면접관이 짐짓 엄한 표정을 지었다.

"말릭, 앞에 지원자들은 보지도 않으셨어요."

말릭? 저 사람이 말릭이라고?

이경은 커다래진 눈으로 말릭을 보았다.

"아, 괜찮아요, 괜찮아. 지원서랑 포트폴리오 다 봤어요. 자, 계속해요."

이경과 눈이 마주치자 말릭이 눈을 찡긋해 보였다.

"아, 맞아. 내가 말 안 했던가? 이경은 내가 직접 스카우트한 지원자입니다. 이경, 와 줘서 정말 기뻐. 지원서 보고야 이름을 알았네."

면접관과 지원자들 사이에서 크게 소란이 일었다. 이경은 어쩔 줄을 몰랐다. 진짜 저 사람이 말릭이라고? 트라이비 대표? 사기꾼이 아니었어? 그런데 왜 나를 여기에.

던은 당혹스러운 표정을 지었다. 다른 면접관들도 마찬가지였다. 그들은 새로운 시각으로 이경의 작품을 바라보기 시작하는 것 같았다.

던이 헛기침을 했다.

"면접 중입니다. 집중합시다. 그래서 이경, 제 말의 요지는 당신의 작품은 독특하고 신선합니다. 하지만……."

던이 눈을 가늘게 뜨고 스크린을 바라보았다.

"당신의 재능은 더 다듬어져야 하는 원석 같군요. 만약 함께 일하게 된다면 우리가 같은 방향을 바라볼 수 있을까요? 당신 같은 개성의 소유자에겐 힘든 일일지도 모릅니다."

깊은 구덩이 속으로 한 줄기 빛이 드리웠다. 이경은 절박감을 숨기며 힘주어 말했다.

"그럼요. 저를 뽑아 주신다면, 열심히, 정말 열심히 노력하겠습니다. 제대로 공부도 하고, 여러분들에게 많이 배우고, 또……."

여자 면접관 하나가 이경의 말허리를 자르며 똑 부러지는 말투로 물었다.

"우리의 비전에 맞는 스타일을 창조할 자세가 되어 있다는 말로 받아들여도 될까요?"

"네, 당연히."

말릭이 손뼉을 짝 쳤다. 그 소리가 면접장을 울렸다. 모두의 시선이 말릭에게 집중되었다.

말릭이 책상 위로 쭉 뻗었던 다리를 일으키며 우뚝 섰다. 기지개를 한 번 켜곤, 나른한 말투로 느릿느릿 말했다.

"이런, 이런. 여러분, 내 말뜻을 이해 못 했군요. 내가 저 소녀를 픽업했다고 했잖아요."

말릭이 이경의 거대 몬스터, 아마존을 향해 팔을 펼쳤다. 애초에 이런 극적인 광경을 연출하려고 이경을 면접장으로 부른 게 분명했다. 말릭은 그런 사람이었다.

"이 소녀가 바로 우리 게임의 비전입니다. 우리가 사활을 걸 게임의 메인 콘셉트 디자이너를 소개합니다."

우르릉우르릉.

아마존이, 거대 몬스터가, 활화산처럼 뜨겁고 아픈 웃음을 터뜨리는 것 같았다. 이경은 다리에 힘이 풀려 스르륵 주저앉았다.

만남

이경은 주웨이가 보낸 기사 링크를 열었다.

시타델에서 자란 천재 소녀 이경과 지상에서 태어난 개척 대원 라르스. 다른 세계의 두 십 대는 아마존에서 어떤 교감을 나눌까.

"벌써 기사까지. 못 말리는 말릭."

개인 단말기엔 말릭이 보낸 대본이 와 있었다. 별 내용은 없었다. 어차피 눈에 들어오지도 않았다. 이미 시간이 거의 다 되기도 했고.

그보다, 주웨이. 이경은 급두통이 밀려와 이마를 감싸 쥐었다. 정확히 오 분 뒤 주웨이가 옷자락을 펄럭이며 작업실로 들이닥쳤다.

"이 앙큼한 고양이! 우리까지 감쪽같이 속이고."

"속이긴 뭘 속였다고 그래."

이경이 손사래를 쳤다.

"말할 타이밍을 놓친 것뿐이야."

"내가 너라면 아까 튜브에서 우리 얼굴 보자마자 터뜨렸을 거다!"

그거야 그렇지. 주웨이라면.

이경은 이마를 짚었다.

"하고 싶어서 하는 게 아니라고. 말릭이 어떤 사람인지 알잖아."

"어머, 왜 하고 싶지 않아?"

주웨이가 생글거리며 목소리를 낮추었다.

"정말 잘생겼지 뭐니. 보자마자 깜짝 놀랐어. 여기 남자애들한 텐 없는 카리스마가 있어."

주웨이는 마치 자신이 주인공인 것처럼 두 손을 꼭 포갰다.

"만남의 장소가 아마존이라니 너무 낭만적이야."

"그만해. 그냥 일이야. 일."

주웨이는 한 걸음 물러나 이경을 훑었다.

"그래도 오늘 같은 날 반바지에 티셔츠 차림은 좀 그렇다. 신경 좀 쓰지 그랬어."

"신경 쓴 건데."

이경은 자신의 옷차림을 내려다보았다.

"아마존 몬스터가 프린트된 티셔츠. 이거 한정판이라 모두 탐내는 거라고."

"그걸 걔가 알겠니? 게임하곤 거리가 멀어 보이던데."

"그런가."

시타델 십 대라면 환장할 아이템인데.

"이건 우리 아마존에도 좋은 홍보야. 방송 한 번, 기사 한 줄 나는 게 얼마나 중요한지 알지? 다음 해에도 예산 삭감되면 진짜……. 너 걔 만나서 하기 싫은 티 내면 안 된다?"

"안 그래."

이경은 뜨끔해서 말했다. 번잡하긴 하지만 주웨이가 같이 있어 줘서 좋았다. 한다고는 했지만, 막상 닥치니 조금 우울해졌던 것이다. 낯선 사람을 만나는 건 여전히 어렵고 불편했다.

'하긴, 낯설긴 그쪽이 더하겠지?'

이경은 손님을 접대하는 입장에서 상대를 편하게 해 주기로 마음먹었다.

주웨이는 말릭이 보낸 대본을 검토하기 시작했다.

"음, 음. 별 내용이 없네? 무엇보다 시타델 초대 정부가 지상의 기후 변화를 숨겼다, 아마존이 정부의 부도덕성을 만천하에 드러내는 계기가 되었다, 그 덕분에 민주 정부가 들어섰고 지상 개척이 시작되었다, 이 얘긴 꼭 해야 돼. 알았지? 그게 핵심이야."

이럴 때 보면 능력 있는 아마존 공보관다웠다.

"응. 근데 그건 그쪽도 아는 내용이지 않을까?"

"지상에서 태어나 자랐으니 잘 모를 수도 있지. 무엇보다 방송이나 기사로 아마존을 부각할 기회니까."

역시 자나 깨나 아마존 생각. 이경은 고개를 끄덕였다.

대화는 편집된 자막으로 처리되겠지만, 기회를 보아 읊어 봐야지. 민망하겠지만.

"무슨 생각 해?"

주웨이가 이경을 부드럽게 안으며 물었다.

"으응, 그냥."

이경이 주웨이의 어깨에 머리를 기댔다.

"어제 검색 좀 하다 보니…… 지상 개척에 대해 내가 뭐 아는 게 없더라고."

주웨이는 눈동자를 크게 굴렸다.

"공부했어? 하기 싫다면서."

"음. 만날 사람에 대해 최소한의 지식은 있어야 할 거 같아서. 그런데 진짜 너무 모르더라. 지상에서 하는 일을. 솔직히 뉴스에 나와도 관심 없었고."

"다 그렇지 뭐. 각자 자기 일 하는 거 아니겠어."

"하지만 그 사람들은 우릴 위해 헌신하는 거잖아. 조금 미안하더라고. 지상 개척 2세대가 '강화인'이란 것도 이번에 처음 알았어."

"아, 강화인. 맞아. 태어나는 아이들에게 유전자 시술을 한다지? 신기하더라. 추위도 타지 않고, 조난이라도 당하게 되면 즉각 동면도 가능하다며? 어쩐지 애가 좀 신비로운 구석이 있더라고."

주웨이가 고개를 끄덕끄덕했다.

"개척인들은 정말 대단한 사람들이야. 신념을 위해 자기 아이들을 다른 존재로 만든 거잖아."

"너무 과장하지 마."

"너 그런 거 좋아하잖아. 설원의 멋진 몬스터! 잘해 봐."

주웨이가 장난스럽게 웃으며 이경을 간질였다. 이경은 짜증을 내며 주웨이를 밀어내고 대본을 한번 훑었다.

낯선 사람을 만나는 건 불편하지만, 개척 대원이 궁금하기도 했다. 여기 또래들과는 많이 다르겠지? 지상에서 가혹한 환경에 맞서 싸우는 전사들이니까. 작업하는 데 영감을 얻을 수 있을지도 모른다.

"가자."

이경은 몸을 일으켰다. 어려운 일일수록 아무 생각 없이 해치워야 한다.

주웨이와 함께 교육관으로 향했다. 방문자를 위한 일정을 짜는 것도, 오늘 두 사람의 만남을 아마존 홈페이지의 소식란에 싣는 것도 주웨이의 일이었다.

"걔는 지금 교육관에서 혼자 홍보 영상 보고 있어. 그거 지루한데. 아휴, 필수 코스라 어쩔 수 없다. 너희 대표님은 왜 이렇게 어려운 일을 너한테 시키니? 회사에 사람이 너밖에 없니?"

휑한 교육관, 한쪽 벽 가득 홍보 영상이 펼쳐지고 있었다. 검은 뒤통수가 보였다. 주웨이가 큰 소리로 인사하자, 개척 대원이 돌아보며 일어섰다.

'그 애가 나를 보았다.'

이경의 그날 밤 일기의 첫 문장은 그렇게 시작되었다.

그 애가 나를 보았다. 나도 그 애를 보았다. 보통은 사람을 그렇게 빤히 보지 않는데, 아니 모르는 사람과는 눈도 잘 안 마주치는 편인데, 그 애가 먼저 나를 뚫어지게 보았기 때문에 나도 그렇게 한 것이다.

키가 컸다. 지상 사람들은 시타델 사람들보다 키가 크다고 듣긴 했지만 이 정도일 줄은 몰랐다. 팔다리도 길쭉했다. 뼈가 한 마디쯤 더 있는 것 같았다. 키가 크고 어깨가 넓은 데다 체격도 단단해 보여서 솔직히 내 또래란 생각은 들지 않았다. 그냥 어른 같았다.

가장 인상적인 건 그 애의 색이었다. 시타델 사람들과는 달리 아주 선명한 색으로 이루어져 있었다.

그 애의 얼굴은 눈처럼 희었다. 머리칼과 눈동자는 늪의 진흙보다도, 내 아마존 몬스터보다도 검었다.

나는 그 애의 검은 눈동자에서 눈을 뗄 수가 없었다. 빛을 모두 빨아들일 듯 검으면서도 한편으론 너무 깨끗하고 맑아서 영혼이 비쳐 보이는 느낌이었다. 어떤 거짓도, 더러움도 모르는 눈빛이었다.

목소리도 듣기 좋았다. 낮고 부드럽고. 하지만 어딘가 차가웠다. 전체적으로 거리감을 느끼게 하는 인상이었다는 말이다.

하지만 난 그 애에게 왠지 친근감을 느꼈다. 음, 잘 설명하긴 어렵지만 그 애와 내가 닮은 사람이라는 생각이 들었기 때문이다.

이상한 말이라는 건 안다. 우리 사이엔 정말 공통점이라곤 없으니까. 사는 세계도, 살아온 과정도.

말릭이 이런 말을 한 적이 있다.

"네 그림에서 내가 본 게 뭔지 알아? 진짜 고통이야. 요즘 사람들은 그걸 잘 모르거든. 고통을 외면할 방법이 너무 많으니까. 네 그림은 순수한 고통을 응축시킨 것 같달까. 그게 좋았어."

말릭스러운 표현이긴 하지만, 내가 그 애에게서 본 것도 비슷했다.

진주 같았다. 그 맑은 눈동자에 비친 그 애의 영혼은.

고통을 견디고 버텨서 마침내 단단해진 사람만이 그런 눈빛을 가질 수 있다고 생각한다.

"개척 대원 라르스입니다."

개척 대원이 담백하게 자기소개를 했다.

세월이 많이 흐르면서 개척인들은 많은 부분 독자적인 사회를 이루게 되었지만, 여전히 그들은 스스로를 '개척 대원'이라 칭한다. '겨우 살아남은 자들'의 후손이 다시 지상으로 돌아가야 한다는 사명감이 개척 활동의 본질이기 때문이다.

그래선지 개척 대원에게선 어딘지 군인 같은 분위기가 풍겼다.

단정한 제복과 그 아래 근육질의 몸 때문일까. 아니면 개척 사회에는 군대 조직 같은 규율이 있는지도 모른다.

"저는 아마존 공보관 주웨이입니다. 이쪽은 오늘 안내를 맡은 이경이고요."

주웨이가 소개하기 전부터 이경과 라르스는 서로를 보고 있었다.

서로를 보며 탐색하는 듯한 모습이 허허벌판에서 처음 같은 종을 마주친 두 마리의 야생 동물 같았다. 주웨이는 그 모습이 왠지 사랑스러워 미소 지었다. 따지고 보면 지상인과 시타델 사람의 뿌리는 같았다. 게다가 두 사람, 겉모습은 다르지만 어딘가 느낌이 닮았다.

하지만 이경이 주어진 일을 잘 해낼지 주웨이도 좀 걱정스럽긴 했다. 라르스는 어른스럽고 침착해 보이지만, 이경은 솔직하고 어디로 튈지 모르는 성격이다. 마음을 열게 되면 헌신적이지만 낮도 많이 가리는 편이고.

주웨이는 인사를 나누라는 의미로 이경의 옆구리를 슬쩍 찔렀다. 그러자 이경이 불쑥, 카드 명함을 꺼내 라르스에게 건넸다. 이경의 이름과 직함, 회사 주소와 개인 계정, 게임 아이디 따위가 적혀 있는 명함이었다. 예상치 못한 행동에 놀란 주웨이가 이경을 보며 '그냥 일이라더니, 명함을 줘?' 하는 눈빛으로 의미심장하게 눈썹을 까딱였다. 이경은 주웨이의 시선을 외면했다.

"이경은 아마존을 테마로 만든 게임 아마존 어드벤처의 메인 디자이너예요. 주로 여기서 일한답니다."

주웨이가 친절하게 설명을 덧붙였다.

"아, 네."

개척 대원은 방금 들은 낯선 정보에 대한 설명이 적혀 있기라도 한 것처럼 조그만 명함을 열심히 들여다보았다. 그래 봤자 이경이 하는 일에 대해 짐작도 못 하는 게 분명했지만.

"자, 두 사람 나란히 서 보세요. 사진 한 장 찍어야 하니까요. 이쪽으로. 숲이 나오도록 한 장 찍을게요."

주웨이가 어디선가 커다란 카메라를 들고 와서 수선을 떨었다. 두 사람은 어색하게 주웨이가 가리키는 위치에 가 섰다.

"반가워요, 라르스. 여기서 인기남이 된 거 알고 있나요? 인터넷에 당신 영상이 돌아다닌답니다."

"몰랐습니다."

라르스의 하얀 얼굴이 살짝 붉어졌다.

"바쁘기도 했고요."

"하긴 엄청 바빴겠어요. 심포지엄 영상도 봤답니다. 훌륭한 강연이었어요. 시타델에서의 시간이 즐거웠길 바랍니다. 다른 분들은 함께 오지 않으신 건가요?"

"네. 일행들은 다른 일정이 있어서요. 공식 심포지엄 행사 말고는 나누어서 일정을 소화하고 있습니다."

"그렇겠네요. 한 장 더. 네, 됐어요. 라르스의 선택이 탁월한 거예요. 시타델에 왔으면 아마존을 봐야죠. 휴식과 치유의 시간이될 거예요."

"저도 그렇게 생각하고 있습니다."

개척 대원은 첫 만남이라는 게 믿기지 않을 만큼 의젓하고 자연스럽게 주웨이를 상대했다. 사진기를 치운 주웨이가 이경과 라르스를 차례로 보았다.

"라르스, 혹시 지상에선 게임을 안 하나요? 그러니까 우리 이경이 만든 가상현실 게임 같은 거 말이에요."

주웨이가 자신을 자랑스러워하는 건 알지만 이경은 인제 그만해 줬음 싶었다.

"아니요. 합니다. 많이들 하죠. 지상에도 기지국이 잘 설치되어 있습니다. 저궤도 위성도 있고요. 저는 그렇게 즐기는 편이 아닙니다만."

"아, 그렇군요."

"하지만 뇌-인터페이스는 여기만큼 많이 사용하진 않습니다."

"그렇군요. 여기도 옛날보단 규제가 많고, 사회적 인식도 많이변해서요. 이런저런 문제들도 있었고요. 그냥 두뇌 안의 기반 시설 같은 거죠."

"네. 그런 것 같더군요."

"그러면……."

주웨이가 아쉽게 말했다.

"오늘 일정을 시작해 볼까요. 두 분이서만 숲으로 내려가게 됩니다. 인공지능을 장착한 드론 카메라 세 대가 따라붙을 거고요. 조용한 녀석들이니 신경 쓰이지 않을 거예요. 숲은 이경이 제 손바닥처럼 꿰고 있으니 안내를 따라 이동하시면 됩니다."

주웨이가 호신용 전자총 한 자루를 이경에게 건네며 격려의 눈빛을 보냈다.

"좋은 시간 되시길!"

"총은, 제가 가지고 있어도 되겠습니까?"

라르스가 이경을 보며 양해를 구하듯 물었다. 이경은 고개를 끄덕이곤 총을 내밀었다. 라르스는 익숙하게 총의 동력 전지를 확인하곤 혁대에 찼다. 두 사람은 바로 전망대 엘리베이터로 향했다.

엘리베이터에서 빠져나오면 그대로 숲 한복판이었다.

두 사람은 내부 견학이 가능했던 시절의 흔적인 안전 길 위에 있었다. 안전 길은 숲을 지나 늪지대의 동쪽을 따라 동굴 지대까지 이어졌다. 오늘의 탐방도 거기서 끝난다. 숲에 오도카니 둘만 남자 이경은 심장 박동이 빨라지는 걸 느꼈다.

둘만 있는 게 싫은 건 아니었다. 그저 또래를, 그것도 너무나 낯선 세상에서 온 또래를 대하는 법을 모르는 것뿐이었다.

상대도 마찬가지인 걸까. 주웨이와는 그렇게 자연스럽게 대화를 나누던 애가 지금은 이경처럼 말없이 서 있기만 했다.

라르스를 곁눈질로 올려다보던 이경은 멈칫했다.

숲을 보는 라르스의 표정에 깊은 충격을 받은 기색이 역력했다.

라르스는 외계의 행성에 막 도착한 사람처럼 보였다. 열기 어린 초록의 숲과는 너무 이질적인 모습이 신비로우면서도 외로워 보였다. 크게 뜬 검은 눈동자, 살짝 벌린 입술. 무방비하게 마음의 속살을 드러낸 소년은 그제야 어린 티가 났다.

이경은 마음의 거리감이 감소하는 걸 느꼈다. 자신이 처음 아마존을 보았을 때의 기분이 생생히 떠올랐다.

눈으로 보고 있어도 믿기 힘든 존재가 아마존이다. 시타델 사람도 그런데 라르스는 차디찬 지상 세계에서 왔으니. 당연히 이런 곳은 꿈에서도 보지 못했을 것이다.

넘쳐 나는 강렬한 색들, 울창한 초록, 아름드리나무들, 풍요로운 생명의 열기, 소리, 냄새. 아마존은 어디에도 없는 세상이니까.

이경은 라르스가 무슨 생각을 하는지, 라르스의 눈에 숲이 어떻게 보이는지 궁금했다.

이름 모를 새의 울음이 열기를 뚫고 울려 퍼졌다. 이경은 문득 걱정이 되어 물었다.

"저, 여기…… 너무 덥지 않아?"

라르스는 흠칫하더니 꿈에서 깬 사람 같은 얼굴로 이경을 보았다.

"여기, 너무 덥지?"

이경이 한 번 더 말했다. 그제야 무슨 말인지 이해한 듯 라르스의 입가에 미소가 떠올랐다.

"강화인에 대해 아는구나."

"응."

이경은 솔직하게 대답했다. 라르스가 장난기 어린 표정으로 대꾸했다.

"덥다고 녹아 버리는 건 아니니까 안심해."

이경은 어깨를 움츠리며 쿡, 웃었다. 세상 크고 단단하게 생긴 애가 그런 말을 하니까 웃겼다.

라르스는 녹지 않아도 라르스의 농담 덕에 이경의 긴장은 사르르 녹았다. 소년도 자신 같은 강화인을 이곳에서 '눈사람'이라고 부른다는 걸 아는 모양이었다. 라르스는 담담한 말투로 설명을 덧붙였다.

"추위에 강하다고 더위를 못 견디는 건 아냐. 피가 차갑지도 않고. 핏속에 일종의 부동액이 흐르고, 인체 시스템에 별도의 배선과 스위치가 추가되었다고 생각하면 이해하기 쉬울 거야."

솔직히 이해하지 못했지만 이경은 그냥 고개를 끄덕였다.

"좀 놀랐지?"

이경이 숲으로 시선을 돌리며 말하자,

"많이."

라르스가 담백하게 대꾸했다.

"이런 곳이 존재하다니……."

"유일무이한 곳이지."

이경이 애정 가득한 목소리로 말했다. 그런 이경을 물끄러미 보던 라르스가 눈을 들어 위를 보았다.

"저 빛은……."

라르스의 긴 손가락이 우거진 잎새를 뚫고 어룽대는 빛을 가리켰다.

"인공 태양광이야. 인공 비도 자주 내려. 여긴 열대 우림이라."

이경은 숲에 대해서라면 하루 종일도 떠들 수 있었다.

"우리도 수직 농장이 있긴 해. 여기와 비교할 바는 못 되지만."

"아, 그래?"

"내 스승님이 농장 책임자야."

"스승님?"

"낯선 호칭이지?"

라르스가 싱긋 웃었다.

"우린 온오프라인으로 다양한 전문 분야를 배우거든. 내 주 업무는 기계공학이지만, 식물학도 전공했어. 우린 멘토-멘티를 두는 도제식 교육이 기본이야. 실용적이고 일을 빨리 배우니까. 현장에서 바로 일을 배우기 때문에 상사는 스승님이기도 하지."

숲을 사랑하는 이경은 라르스가 식물을 연구한다는 사실이 기뻤다.

"그렇구나. 보다시피 이곳엔 정말 식물이 풍부해. 여기에만 있는."

"다른 덴…… 존재할 수가 없겠는데?"

속마음을 짐작하기 어려운 표정으로 라르스가 말했다.

"오늘 방문이 도움이 되면 좋겠다."

라르스는 이경을 흘깃 보더니 아무 말도 하지 않았다.

"그럼, 가 볼까?"

이경의 말에 라르스는 고개를 끄덕이곤 앞장서서 성큼성큼 걷기 시작했다.

"아니, 내가……!"

다리가 길어선지 걸음이 빠른 건지, 몇 걸음 만에 라르스는 훌쩍 멀어져 있었다. 이경은 급히 라르스를 쫓다가 앞으로 넘어졌다. 안전 길 발판널 하나가 부서진 걸 미처 보지 못한 것이다.

"으악!"

완전히 거꾸러질 찰나, 어느새 라르스의 팔이 이경을 단단히 받치고 있었다. 그 날렵함에 이경은 깜짝 놀랐다.

"괜찮아?"

라르스가 놀란 얼굴로 물었다. 이경은 반바지 아래 드러난 자신의 다리를 내려다보았다.

"응. 조금 긁혔을 뿐이야."

다리는 괜찮은데 심장이 고장 난 것 같다.

라르스의 눈길이 이경의 다리로 향했다.

"그래도 세균이 침투할 수 있으니 소독해야 해."

"이 정돈 괜찮아."

"잠깐만."

라르스는 제복 주머니에서 연고를 꺼냈다. 그러곤 한쪽 무릎을 꿇고 이경의 다리에 난 상처에 약을 발라 주었다.

"괜찮아도 발라 두는 게 좋지."

하나는 확실하게 알겠다. 라르스, 이 개척 대원은 무언가를 책임지고 보살피는 위치에 있으며 이런 일이 익숙하고 자연스럽다는 것. 하지만 이경은 아니었다.

라르스의 단단한 팔뚝, 가까이 있는 눈동자, 살갗을 스치는 손가락. 이경은 심장이 마구 뛰고 정신이 혼미했다. 잔기침을 콜록콜록 한 이경이 작게 말했다.

"내가…… 내가 안내자니까 앞장설게."

"아."

라르스가 미안한 표정을 지었다.

"나도 모르게 평소 습관이. 미안해."

"괜찮아."

두 사람은 이제 나란히 걷기 시작했다. 머리 위 어딘가에서 드론들이 따라 날았다.

보폭이 크고 걸음이 빠른 라르스와 보조를 맞추느라 이경은 금세 숨이 가빠 왔다. 이경의 상황을 눈치챈 듯, 라르스가 속도를 뚝 떨어뜨렸다.

숲을 걷는 일은 원래 좋아했지만 이런 기분은 처음이었다.

색이, 소리가, 냄새가, 바람이, 다르게 다가온다.

나무 그늘을 비집고 들어온 빛이 명랑하게 춤을 춘다. 바람 불 때마다 배를 뒤집는 잎이 못 견디게 귀엽다. 새들이 숨어서 예쁘게 노래한다. 숲이 달콤한 숨결을 내뿜기라도 한 것처럼 기분이 들떴다.

가끔 두 사람의 팔이 스치기도 했다. 라르스도 느꼈을 텐데 한 걸음 뒤로 물러서거나 팔을 치우지 않는다. 다른 때의 이경이라면 질겁해서 팔을 치우거나 뚝 떨어져서 걸었을 것이다. 하지만 지금은 그럴 생각이 들지 않았다.

주웨이와 아리에게도 처음 한동안은 낯을 가리며 서먹하게 굴었던 이경이었다. 매력적인 또래라는 것만으론 설명할 수 없는 무언가가 두 사람 사이에 있는 것 같았다. 처음 본 순간부터.

"거기도 동물이 있어?"

이경이 라르스에게 물었고,

"아주 조금?"

라르스가 치렁치렁 늘어진 덩굴을 이경이 지나가도록 잡아 주며 대답했다.

"드물어, 내가 사는 덴. 너무 춥거든. 지상에 원래 있었던 생물들은 구세계의 막바지에 거의 멸종했어. 지금 지상의 생태계는 환경에 적응한 새로운 종들이 이룬 거고.”

이경은 라르스가 사는 세계를 상상해 보려 애썼다.

“난 건축 현장이나 생산 라인에 필요한 로봇을 제작하고 현장을 지휘해. 지금은 생산 공장의 라인을 확장하고 있어. 많은 사람들이 일할 수 있도록 말이야. 주 업무가 그렇다는 거고, 그 밖에도 많은 일을 해. 식물도 연구하고. 동물은 잘 몰라. 관심도 없고. 기지 근처에 초식 동물이 있는 걸 보긴 했어.”

“수직 농장에선 뭘 길러?”

“먹을 수 있는 거?”

라르스가 숲을 향해 눈동자를 굴리며 씩 웃었다. 이 숲의 것들은 먹을 수 없다는 의미였지만 이경은 알아채지 못했다.

“우리는 지상 정착이 완료됐을 때 사람들이 충분히 배를 채울 수 있는, 자연적인 식량 자원을 생산하겠다는 목표를 위해 노력하고 있어. 아직 이루진 못했지만……. 나와 스승님은 접근 방식이 달라. 스승님은 과거의 식량 자원을 복원하려고 노력하시지. 수직 농장에서 기르는 것도 그런 거야.”

“그럼 넌?”

“나는 동토 식물을 연구해. 돌아가신 어머니의 연구 과제를 이어받았지. 언 땅에서도 자라는 동토 식물은 추위에 강하니까, 유전학적으로 연구하고 개량해서 영양이 풍부하고 생산량도 많은 식용 작물을 만들려는 거야. 어려운 과제지."

이경은 진심에서 우러난 목소리로 말했다.

"굉장해. 엄청 바쁘겠다."

"여기선 다들 그렇게 생각하더군."

라르스의 표정에 쓸쓸함이 어렸다.

"음, 사실 개척은 바쁜 것과는 거리가 멀어. 우린 아주 신중하게 하나부터 열까지 따져. 계획을 세울 땐 사고 실험도 하고 검증을 거듭하지. 수많은 회의를 거치면서 문제점을 하나하나 검토하고. 싸우기도 엄청 싸워. 구세계가 저질렀던 오만과 돌이킬 수 없는 잘못을 반복할 순 없으니까. 우리에게 성과주의는 정말 무의미하거든. 개척인들에겐 그런 것보다 우리가 만들어 낸 것들이 다시는 세상을 위태롭게 하지 않는 게 더 중요해. 예를 들어…… 기지의 위치를 정할 때도 친환경 에너지 생산에 적합한 장소인지부터 따지지. 알렙 기지는 풍력과 태양광 에너지 모두에 적합한 훌륭한 환경이야. 긴 겨울이면 모든 걸 얼려 버리는 냉혹한 추위에 거센 바람이 부는 허허벌판이지만 그런 건 우리한테 문제가 안 돼."

라르스의 목소리엔 열정이 깃들어 있고, 표정은 한없이 진지했다.

심포지엄에서도 이런 눈빛, 이런 표정으로 이야기했겠지. 이해받길 바라는구나, 라르스는. 이경은 마음이 뭉클했다.

"날씨도 우리 일을 지배해. 날씨가 안 좋으면, 안 좋을 때가 많은데, 일을 멈추지. 오래 멈추기도 하고. 여름엔 일할 수가 없어. 땅이 물러져서. 그때가 내가 식물 연구를 하는 때지. 난 식물 연구 일을 좋아해. 가파른 산을 올라서 식물들을 채집하기도 하는데, 평야에 있는 식물들보다 더 생존력이 강하거든. 바위 밑에 다닥다닥 붙어 버티고 있는 식물을 보면 마치 우릴 보는 것 같아."

문득 입을 다문 라르스가 이경의 표정을 살피더니 낮게 말했다.

"심포지엄에서 열심히 강연을 하고 사람들의 질문 하나하나에 최선을 다해 대답했어. 그러려고 여기 왔으니까. 하지만 차츰 이게 맞나 싶은 생각이 들더라고."

"왜……?"

"내가 진실하게 대답하면 할수록 사람들이 놀라고 실망하는 게 보였거든."

이경은 말문이 턱 막혔다. 거짓말을 못 하는 이경은 오해라고, 그렇지 않다고 말하지 못했다. 라르스가 지하 세계 사람들을 보면서 어떤 기분이 들었을지 조금은 알 것 같았다.

"너무 내 얘기만 한 거 같은데. 네가 하는 일도 들려줘. 사실 말해 줘도 내가 이해 못 할 가능성이 크지만."

라르스가 장난스럽게 말했다.

"그래도 말해 줘. 나도 그랬으니까."

이해받지 못해도 열심히 진실하게 설명해 준다. 라르스는 그런 사람일 것이다. 자신의 삶에 긍지를 가진.

이경도 자기 일에 자부심과 애정이 있었다. 아니, 그 이상이었다. 이경 같은 아이들은 시타델에서 '잉여'라는 기분을 느끼며 자란다. 저층 청년 공동 주거 지구의 끔찍한 방을 벗어나 어떻게든 세상의 틈바구니에서 자신의 자리를 얻으려 애쓰지만 결국 자신이 잉여임을 받아들일 수밖에 없는 삶. 이경에게 일은 존재의 증명이고 구원이었다.

이경이 라르스의 삶을 상상하지도 이해하지도 못하는 것처럼 라르스도 마찬가지일 것이다. 이곳 시타델의 삶은 라르스가 사는 세계와는 너무 달랐다. 이경은 라르스에게 자신의 삶을 잘 설명할 자신이 없었다.

안전 길은 이제 늪지로 접어들었다. 늪엔 많은 동물이 모여 있었다. 물을 마시러 오기도 하고, 몸을 씻으러 오기도 하고, 먹잇감을 찾아오기도 하는 동물들.

조그맣고 사랑스러운 물총새와 칼처럼 날카로운 부리를 가진 따오기가 얕은 물에서 고기를 잡고, 네발짐승들도 우글거렸다. 물속에 뿌리를 내린 나무줄기 사이로도 온갖 크고 작은 생명이 꿈틀거리고 있을 것이다.

라르스는 신기한지 걸음을 멈추고 한참을 보았다. 아마존 깊숙이 들어오지 않으면 볼 수 없는 진귀한 풍경을 라르스에게 보여 줄 수 있어서 이경은 내심 뿌듯했다.

문득 라르스가 이경의 앞을 막아서며 총을 빼 들었다. 번개 같은 동작이었다. 총구가 향한 곳을 보니, 오실롯이 새끼 카피바라 한 마리를 막 사냥하던 참이었다. 숨죽인 채 숨어 있다가 어미와 함께 물가에 막 올라온 새끼를 덮친 것이었다.

오실롯은 퓨마나 표범보단 몸집이 작고 무늬가 아름다운 고양잇과 동물이었다.

"쏘지 마."

이경이 라르스의 팔을 꽉 잡으며 다급하게 말했다. 살상용은 아니지만 발사할 때 큰 소리가 나는 총이었다. 늪에 모인 동물들을 놀라고 두렵게 할 것이었다.

"조금도 위험하지 않으니까. 아마존의 동물들은 사람을 신경 쓰지 않아. 사람들을 오래 봐 왔고, 자기들보다 강하다는 것도 알고, 자기들을 돕고 있다는 것도 알아. 아무튼 먹이가 아니란 거 알아."

라르스가 고개를 돌려 이경을 보았다.

"먹이……?"

라르스의 눈동자에 낯선 표정이 떠올랐다.

지금의 인류에게는 동물을 가축으로 기른다거나 반려로 함께 산다는 개념이 없다. 단백질을 섭취하기 위해 다른 동물의 고기를 먹을 필요도 없다. 지상에서 사는 라르스도 마찬가지일 테니 처음 본 사냥 광경이 충격인 건 당연했다.

이경은 이 문제에 대해 깊이 생각해 본 적이 없었다. 아마존은 그냥 아마존이었다. 대체 불가능하고 독자적인 세계였다.

이경은 변명하듯 부드럽게 말했다.

"여긴…… 그러니까, 아마존은 오래된 세계야."

"오래전 사라진 세계지."

라르스가 총을 혁대에 꽂으며 차갑게 대꾸했다. 오실롯은 카피바라를 물고 사라져 버렸다.

"닮았어."

"응?"

"우리 기지 근처에 사는 동물, 비슷하게 생겼다고. 좀 더 작고 털색이 하얗지만."

"오실롯 말이야?"

"하지만 그놈들은 초식 동물이지. 그럴 수밖에 없지만."

"귀엽겠다. 뭐라고 불러?"

"뭐?"

"이름 말이야. 뭐라고 부르냐고."

"이름 같은 건 없어."

"이름이 없다고?"

이경이 웃으며 말했다.

"이름 정돈 붙여 줄 수 있잖아."

"내가 왜 그래야 하지?"

라르스의 목소리가 착 가라앉았다.

"나랑 무슨 상관이 있다고."

이경은 라르스의 말에 깃든 날 선 감정에 주춤했다.

"아까 내가 말했잖아. 나는 먹기 위해 식물을 연구한다고. 내가 연구하는 식물들엔 이름을 붙여 줘. 그게 내 일이니까. 동물엔 관심 없어. 관심 없는 일엔 에너지 낭비 안 해."

라르스는 분명 화를 내고 있었다.

"나는 여기 지원해서 왔어. 당신들을 기다리고 있다고, 지상 세계를 살기 좋은 곳으로 만들기 위해 최선을 다하고 있다고 알리고 싶었거든. 우린 정말 잘하고 있으니까. 사람들이 알게 되면 많은 변화가 있을 거라 믿었어. 그런데 여기 사람들은 우릴 영웅 대접하더군. 왜 우리가 영웅이어야 하지?"

라르스의 말투는 신랄했다.

"왜냐면 여기 사람들은 기대에 차서 해맑은 표정으로 우릴 보면서, 스스로는 아무것도 할 생각이 없으니까. 아마존에 와 보니까 알겠어. 사람들이 바라는 지상 개척이란 이런 거구나. 이런 꿈같은 곳을 다시 돌려주는 것. 따뜻하고 초록으로 둘러싸인 곳."

라르스는 감정이 북받치는 듯 말을 멈추었다가, 쓰라린 표정으로 내뱉었다.

"하지만 그건 불가능한데."

이경은 처음 숲을 본 라르스와 자신이 느낀 감정 사이에 존재하는 간극을 그제야 깨달았다. 자신이 바보 같다는 생각이 들었다.

"유일무이하다? 맞아. 이제 지상 어디에도 이런 곳은 없으니까.

우린 이런 걸 줄 수 없어. 세상은 차가워. 그걸 받아들여야 해. 거대한 돔? 그런 것도 없어. 그건 땅속에 사는 것과 진배없으니까!"

라르스는 차가운 눈빛으로 숲을 돌아보았다.

"여긴, 유령 같은 곳이야. 이미 죽은 세계의 유령."

라르스의 말이 송곳처럼 이경의 마음을 푹푹 찔렀다. 이경은 소년의 비수 같은 말로부터 주춤주춤 물러났다.

"아니야."

이경은 이윽고 창백한 얼굴로 도리질하며 말했다.

"네가 뭘 알아. 여긴, 여긴…… 우연히 살아남은 오래된 세계야. 우리처럼. 세상이 끝장나 버리고 돌이킬 수 없게 된 게 우리 잘못은 아니잖아. 그냥 살아남았으니 살아가는 거지. 우리에게 살아갈 권리가 있다면, 아마존도 존재할 권리가 있어!"

아마존 무용론을 주장하는 세력들은 정부 내에도 있었다. 이경은 그들에게 말하고 싶었다. 당신네나 지나치게 오래 살면서 에너지 낭비 그만하라고. 쓸모없으면 왜 안 되냐고. 살아 있으니 살아가게 두라고!

이경의 눈에 눈물이 고였다.

"아마존을 그렇게 말하지 마. 진심으로 이곳을 아끼고, 지키려고 노력하는 사람들에겐 너무 잔인한 말이니까."

이경과 라르스는 격해진 감정을 가라앉히려 애쓰며 서로 외면한 채 서 있었다. 이렇게 날 것의 속마음을 생판 남에게 드러내다니. 이경은 자신들이 꼭 대판 싸운 친구 같다는 생각이 들었다.

라르스가 그랬지. 그쪽 세상에 아마존의 동물과 닮은 종이 있다고. 어쩌면 시타델의 이경과 지상의 라르스도 다른 세계에서 각자의 고통을 견디며 살아온 쌍둥이 같은 관계인지도 모른다.

"미안해."

이윽고 라르스가 말했다.

"나도 모르게 그만. 그렇게까지 말할 생각은 아니었는데."

라르스는 지쳐 보였다.

"여기 괜히 온 거 같아. 말릴 때 말 들을걸. 난 고집이 세거든."

라르스가 그렇게 풀 죽은 목소리로 말하는 건 정말 어울리지 않았다. 오지 않는 게 나았다는 말이 왠지 속상해서 이경은 저도 모르게 라르스의 손을 잡았다.

"하지만 난 너를 알게 돼서 좋아."

라르스는 그 말에 대답하지도, 손을 빼지도 않았다. 그저 흰 얼굴에 홍조가 어렸을 뿐이다.

눈사람이라고 불리는 강화인이지만, 라르스의 손은 전혀 차갑지 않았다. 크고 따뜻했다.

"라르스."

"응."

"조금 더 가면 동굴이 있어. 가 볼래?"

일정에는 없는 코스였다. 라르스가 이경의 눈을 보며 고개를 끄덕였다.

"그래."

"어두운데 무섭지 않겠어? 나만 믿어."

이경의 농담에 라르스가 싱긋 웃었다. 동굴 입구에 도착하자 이경은 드론들에 손을 흔들어 주곤 라르스를 안으로 이끌었다. 동굴에 들어오지 못하는 드론들이 허망하게 밖에서 맴도는 소리가 들렸다.

이경은 손목에 찬 라이트를 켰다. 빛이 눈앞의 어둠을 조금 밀어냈다. 공기는 서늘하고 바닥엔 물기가 찰락거렸다.

라르스가 이경의 손을 단단히 잡았다. 든든하고 안전하다는 느낌이 들었다. 둘은 손을 꼭 잡은 채 눈앞의 어둠을 조금씩 밀어내며 나아갔다.

"라르스. 네가 사는 곳, 위험해?"

"왜?"

"아까 총 빼 들 때 보니 심상치 않더라고."

라르스의 낮은 웃음소리가 동굴에 은은하게 울렸다.

"뭐, 약간? 하지만 네가 생각하는 그런 종류는 아냐. 넌 아마 상상도 못 할걸."

"우리도 나름 위험하거든."

"어떻게?"

"마음이 서서히 죽는달까. 넌 아마 상상도 못 할 거야."

두 사람은 이제 한결 편안하게 소소한 얘기를 나누며 걸어갔다.

"넌 취미가 뭐야?"

"취미? 글쎄…… 식물 채집이랑 연구?"

"그건 일이잖아."

"재미있어."

"그래도 일이잖아."

"그럼…… 책 읽는 거?"

"책? 책이라고? 글자가 빽빽하게 인쇄된 두껍고 무거운 그거 말이야? 박물관에 있는?"

"……너 지금 나 원시인처럼 생각했지?"

"아, 아닌데."

"나도 질문. 가장 친한 친구는?"

"친구 많지. 아까 위에서 본 사람도 친구야."

"그건 동료지. 너보다 열 살은 많아 보이던데."

"친해."

"또래 친구는? ……없구나?"

이경은 입을 조가비처럼 다물고 뾰로통하게 걸어가다가 속으로 뇌까렸다.

네가 해 주면 되겠네, 친구.

라르스는 계속 질문했다.

"취미는?"

"그림 그리는 거 좋아해."

"그건 일이잖아. 나랑 똑같네."

라르스가 의기양양하게 말했다.

"넌 일이 취미가 된 거고, 난 취미가 일이 된 거야. 완전히 다르지."

"쳇…… 그리고 또 좋아하는 건?"

"음. 마음이 좀 답답할 때 고속 엘리베이터를 타고 가장 낮은 층에서 높은 층까지 단숨에 올라가는 거. 그럼 각층의 풍경이 순식간에 지나가면서 가슴이 탁 트이는 거 같아."

"흠. 속도광의 일종인가. 우리랑 통하겠는데."

"무슨 소리야?"

"그런 게 있어."

달콤한 산책이 마침내 끝에 다다랐다. 라이트의 빛이 주홍색 펜스를 비추었다. 여기부턴 출입 금지다. 펜스 너머에 오도카니 버려진 어둠이 무척 고독해 보였다.

이경의 목소리는 동굴의 울림 때문에 조금 낯설게 들렸다.

"아이들이 있었대. 여기 들어온. 불법 게임을 하던 플레이어들이었는데, 그 아이들은 아마존을 탐험하다가 이상하게도 특정 시기에 강의 수위가 높아진다는 걸 알았어. 일정 시간이 지나면 하수 처리되긴 했지만 아마존은 완전 순환 시스템인데 너무 이상한 일이었지. 아이들이 이 동굴도 발견했어. 동굴을 탐험하던 아이들은 강의 수위가 높아지는 이유를 알아냈어. 동굴은 모세 혈관처럼 뻗어 나가잖아? 지상과 이어진 곳이 있었던 거야. 지상에서 눈이 녹을 때 그 물이 동굴을 통해 흘러 들어와 강물을 불렸던 거지. 과거 정부는 지상이 얼어붙은 동토 그대로라고 사람들을 속여 왔어. 아이들의 폭로로 그게 거짓말이라는 게 밝혀진 거지. 느리지만 지상의 기후가 변하고 있다는 걸 사람들이 알게 된 거야. 그래서 새로운 정부가 세워졌지. 세월이 흘러 지원자를 받아 개척 기지 건설 임무를 맡게 되었고."

이경은 그때를 상상해 보았다. 이경이 태어나기 전 일이었다. 동굴 속 웅덩이처럼 고인 시타델 세상에 격렬한 변화가 일어났던 시기라고 들었다.

라이트를 끄고, 이경이 말을 맺었다.

"그 아이들이 성장해서 개척 1세대가 되었다고 들었어."

"그래, 맞아. 그들은 자신의 삶을 선택했고, 나는 그 삶을 이어받았어."

어둠 속에서 라르스의 목소리가 젖어 들었다.

"그 시작이 여기였군⋯⋯. 고마워, 데려와 줘서."

다른 세계의 두 사람이 하나로 연결되는 순간이 있다. 바로 지금처럼.

이경은 팔을 벌려 라르스를 꼭 안았다.

라르스

라르스, 기상 시간입니다. 드디어 눈이 그쳤군요. 축하드립니다. 알 렙 기지 현재 기온 섭씨 영하 25도. 일하기 좋은 날입니다.

라르스의 인공지능 비서 산티넬이 원통형 스피커 본체에서 잔 소리로 하루를 여는 참이었다.

라르스는 신음을 흘리며 이불 속으로 파고들었다.

"좀 더 자게 놔둬, 산티넬. 이틀 꼬박 못 자고 고생한 거 알잖아."

시타델에서 오는 민간 운송 트럭이 갑작스러운 폭설에 파묻혀 고립되는 바람에 이틀 내내 구조 작업에 매달려야 했다. 다행히 무사히 사고 차량을 견인해 올 수 있었지만 상당히 먼 곳이었고 눈이 쉬지 않고 내렸기 때문에 꽤 위험한 작업이었다.

허허벌판에 바퀴로 다져진, 허울뿐인 도로는 단 삼십 분의 폭설 로도 흔적도 없이 사라져 버린다.

라르스, 오늘 날씨에 어울리는 빅밴드 재즈 음악을 골라 보았어요. 차는 알맞은 온도로 식혀 뒀고요. 늦잠을 자기엔 아까운 날이니 어서 일어나세요.

라르스는 투덜대며 일어나 머리카락을 쓸어 넘겼다. 난방을 하지 않은 실내 공기는 냉랭했지만 라르스는 반라였다. 라르스도 산티넬도 온기는 필요하지 않으니까.

"산티넬. 인간의 몸은 모자란 잠을 벌충하도록 만들어져 있다고. 그리고 빅밴드 재즈라니. 너는 내가 인간이란 것도, 아직 십 대란 것도 자꾸 잊는 것 같아."

시타델 사람들이 봤다면 특급 호텔 스위트룸이냐고 놀랄 크기의 방이었다. 가구 또한 크고 튼튼했다.

커다란 방의 세 벽을 빈틈없이 꽉 채운 것은 식물 표본과 책이 가득한 책장이었다. 그래, 책. 글씨가 인쇄된, 두껍고 무거운 그것. 물론 구세계의 유물은 아니고, 시타델 표준어로 번역해서 재인쇄한 것이지만. 그 덕분에 라르스의 방은 십 대의 것이라기엔 고풍스럽고 장중한 분위기를 물씬 풍겼다. 뭐, 라르스의 일상도 십 대의 그것과는 거리가 멀긴 했지만.

책은 아버지의 보물이었다. 아버지가 새로운 개척 기지 달레트로 발령받아 떠날 때 라르스에게 남긴 것이다. 일찍 아내와 사별하고 홀로 키운 아들에 애지중지하는 책까지 두고 떠난 것이다. 개척인이란 그런 사람들이다.

오늘은 신입 대원 연수를 꼭 시작하셔야 합니다. 카네 대장님이 당부하셨지요? 마침 날씨도 좋네요.

산티넬은 기지 안에서 라르스와 연관된 일은 모르는 게 없었다.

라르스는 욕실로 가서 씻고 나왔다. 그러곤 커다란 소파에 푹 파묻혀 산티넬이 준비해 둔 차를 마셨다.

공기는 차가워도 되지만 차는 적당히 따뜻한 게 좋다.

창밖을 보니 중정 놀이터에서 어린아이들 몇이 눈을 뭉치며 놀고 있었다. 오늘 날씨가 좋아서 그런지 옷차림이 가볍다. 개척 3세대도 당연히 강화인이다.

차를 다 마신 라르스는 일어나 옷장으로 다가갔다. 옷장 역시 다른 가구처럼 육중하고 장엄한 양식이었다. 모두 아버지의 취향이다.

옷장 문을 연 라르스의 눈길이 옷가지 아래 구부려 앉은 금속 물체에 닿았다.

"샌⋯⋯."

현장복을 갖춰 입고 혁대에 총을 찼다. 개척 기지에서 사람들은 한두 가지 이상의 분야에서 필요한 일을 했다. 일은 평등하게 하지만 상급자들에게는 군대식 직권을 부여했다. 무기 소지를 포함해 유사시의 명령권 같은 것들이다. 지상에 올라온 후 갖은 변수와 고난(지상 개척에 참여하는 대가로 시타델에서 조건부 면죄를 받은 죄수 출신 지원자들의 작은 반란 같은 일들)에 맞서 오면서 정착된 전통이었다.

라르스는 세복 외투를 걸친 뒤 잠깐 망설이다 알리샌을 밖으로 꺼냈다. 전원 버튼을 누르자 우웅, 알리샌의 파란 눈에 빛이 들어왔다. 이내 몸통도 따스해지기 시작했다.

라르스는 가끔 알리샌의 전원을 켜고 따뜻해진 몸을 안고 있곤 했었다. 오래전 일이다. 라르스가 알리샌과 키가 비슷할 때의. 라르스는 알리샌의 전원을 끄고, 원래 자리로 돌려놓았다.

라르스.

산티넬이 끼어들었다.

행동심리학에 따르면 전에 하지 않던 행동을 하면 심경의 변화가 있다는 의미라는군요. 라르스가 그 폐기 로봇을 마지막으로 꺼낸 건 오년 전입니다. 평소 이성적인 라르스를 생각하면 너무 어울리지 않는 행동으로, 어떤 심경의 변화가.

"산티넬."

네.

"난 요즘 의문이 생겼어. 인공지능 비서는 주인과의 대화를 통해 주인의 성격에 최적화된다고 알고 있는데 말이야."

그렇습니다.

"한데 산티넬, 넌 왜 점점 대장을 닮아 가는 거 같지?"

제 어디가 대장님을 닮았습니까? 금시초문입니다. 인간과 저는 외적으로 전혀 비슷하지 않습니다.

"눈치 백 단이면서 필요하면 무슨 말인지 못 알아듣는 척하는 것까지."

그렇다고 치지요. 아무튼 심리 상담을 받아 보기를 추천드립니다. 인간은 복잡하고 섬세하니까요. 저와의 대화는 그런 점에선 별 도움이 안 될 겁니다.

"너로 충분해. 다녀올게, 산티넬."

다녀오십시오, 라르스. 오늘도 행운을 빕니다.

"혼자 있을 때 뭐 해?"

주로 졸죠, 라르스.

문을 나서면서 라르스는 고개를 내저었다. 역시 저 녀석, 속에 사람이 들어 있는 게 분명해.

알리샌의 키는 130센티미터다. 처음 알리샌이 왔을 때 여섯 살이었던 라르스의 키도 그 정도였다.

아이를 닮은 이족 보행 로봇을 육아에 이용하자는, 산타클로스 이벤트 같은 생각은 누가 먼저 했을까? 개척위원회의 당시 결정은 너무 파격적이어서 모두를 깜짝 놀라게 했다.

개척인들은 확고한 신념을 가진 원칙주의자들이다. 개척인들의 목표는 지하 세계의 동료들을 위해 지상을 개척하는 것이다.

건설이나 인프라 개발, 자원 채굴 등 다양한 현장에서 로봇을 활용했지만 그중에 인간형 로봇은 찾아보기 힘들었다.

당연한 일이다. 로봇은 도구이지, 인간의 동료가 아니다. 인간의 모습을 할 이유가 없었다. 인간의 말을 할 필요도 없었다. 다관절 암이든 이동용 레그든 필요한 부분만 있으면 그만이었다.

그 당시 개척위원회 위원장은 온화한 성품의 도시설계자이자 기계공학자인 데이나였다. 데이나의 설득이 투표에 참여하도록 사람들의 마음을 움직였다.

기지가 건설되고 2세대가 태어나 자랐다. 태어난 아이들은 소중한 인적 자원이었다. 2세대는 모든 면에서 1세대보다 지상의 삶에 더 잘 적응했다. 아이들은 1세대보다 자질이 뛰어났고 육체적으로도 더 강인했다. 재능이 일찍 꽃피고 개발되어 더 빠르게 한 사람의 개척 대원이 되었다. 맡은 일에 따라 부모와 떨어지는 경우도 있었다.

아이들은 개척인들의 자부심이었지만 돌봄이 부족하다는 현실을 외면할 순 없었다. 어른들은 늘 바빴기 때문이다. 개척 기지에는 언제나 인력이 부족했다.

떠나온 지하도시 사람들을 향한 사명감에 불탄다고 해서 개척인들이 아이들을 사랑하지 않는 건 아니었다. 인구 밀도가 희박한, 황량한 땅에서 외롭고 힘든 싸움을 해 나가는 개척인들은 대부분 일찍 가정을 꾸렸으며, 진한 가족애와 동지애로 똘똘 뭉쳤다.

데이나 위원장은 전체 회의를 소집해 자신이 개발한, 아이들을 위한 반려 로봇을 소개했다.

"우리 아이들은 강인하고 자질이 충만하며 개척 사회에 필요한 다재다능한 능력을 가진 사람으로 자라나고 있습니다. 하지만 그 과정에서 우리 본성 가운데 소중한 무언가를 잃게 된다면 어떨까요? 어린 시절에 가족과 함께 보내는 시간이 절대적으로 부족하다는 이유로 말입니다. 반려 로봇은 유능할 필요가 없습니다. 아이들을 닮은 모습에 사랑스러운 표정과 말투, 다정한 태도를 프로그래밍했습니다. 로봇이지만 인간의 체온과 비슷한 표면 온도를 유지합니다. 반려 로봇은 아이들의 가족이 되어 줄 것입니다."

회의장은 소란스러워졌다. 어떤 이들은 개척인의 신념에 위배되는 제안이라며 반발했고, 어떤 이들은 아이들을 위해 필요한 대안이라고 환영했으며, 어떤 이들은 필요성은 인정하면서도 부작용을 우려했다.

라르스의 아버지가 아니었다면 반려 로봇 건은 통과되지 못했을지도 모른다.

라르스의 부모는 개척 기지의 초기 안정에 크게 기여한 사람들로서 개척인들에게 인망이 두터웠다. 두 사람은 기반 시설 전반의 과학기술자로 일하며 내륙의 드넓은 평원에 알렙 기지를 세우기로 결정하는 데 큰 영향을 미쳤다. 허허벌판에 풍력 발전소를 건설하고 에너지 저장 시스템을 확립했다. 앞으로 건설해 나갈 기반 시설에 충분한 전기를 공급할 수 있다는 이점이 다른 악조건을 이겼다.

라르스의 어머니는 식량 생산 부서에 속한 식물학자이기도 했다. 라르스는 어머니의 영향을 많이 받았다. 다정하고 감성적인 어머니는 라르스에게 식물도감을 읽히고 날이 좋을 땐 기지 근처 평원에서 함께 식물 채집을 하곤 했다.

어린 시절의 라르스는 밝고 활기 넘치는 아이였다. 어머니가 계속 살아 있었다면 라르스는 지금과는 조금 다른 모습으로 성장했을지도 모른다.

안타깝게도 라르스의 어머니는 몸이 약했다. 그녀는 지상의 차가운 기후에 적응하지 못했다. 라르스의 출산과 육아는 그녀의 건강을 더욱 악화시켰다. 라르스가 다섯 살이 되던 해, 알렙은 유난히 혹독한 겨울을 맞았다. 대부분의 개척인들이 그렇듯 일 중독자였던 라르스의 어머니는 무리한 야외 활동을 하다가 몸져누웠고, 시름시름 앓다가 세상을 떠나고 말았다.

라르스는 너무 어려서 죽음을 이해하지 못했다. 왜 아침에 눈을 뜨면 엄마가 없는지, 공동 육아 센터에서 돌아왔을 때 다정한 미소로 자신을 맞아 주지 않는지, 왜 아무리 기다려도 나타나지 않는지, 햇빛이 좋은 날 함께 풀 냄새를 맡으러 가지 않는지 알 수가 없었다.

냉혹한 시간이 차츰 다시는 엄마를 만날 수 없다는 사실을 깨닫게 했을 뿐이었다. 어머니가 없는 집은 라르스의 작은 가슴처럼 텅 비었다. 작은 물건에조차 깃들었던 어머니의 냄새와 흔적이 사라지듯 날이 갈수록 함께했던 기억마저 희미해질 뿐이었다.

라르스의 부모는 서로를 깊이 사랑했다. 두 사람은 어린 시절부터 친구였고 평생의 동지였으며 신념만으로 버티기엔 너무 차가운 땅에서 서로를 위한 온기가 되어 주었다. 아내를 잃은 라르스의 아버지는 불씨가 꺼져 버린 헤스티아 신전의 부뚜막처럼 영혼이 식어 버렸다. 그는 일에 몰두하는 것 말고는 달리 고통을 버틸 길을 알지 못했다.

어머니를 잃은 라르스는 아버지까지 잃고 만 셈이었다. 그렇게 지나온 일 년이었다. 라르스의 아버지는 아내를 잃은 슬픔과 아들에 대한 죄책감이란 이중고에 휘청이고 있었다.

"저는 데이나 위원장의 비전을 지지합니다."

라르스의 아버지가 일어나 발언했다.

"아이들의 어린 시절에 가족의 지지와 유대감이 필요하다는 것에 동의합니다. 반려 로봇은 아이들의 친구이자 형제가 되어 줄 것입니다. 또 하나 좋은 점은 아이들이 무럭무럭 자랄 동안 로봇은 자라지 않는다는 겁니다. 성장하면서 관심사도 변할 거고 자기보다 작고 기능도 부족한 로봇에게 자연스럽게 흥미를 잃겠죠. 아이들이 자라면서 더 이상 장난감을 가지고 놀지 않는 것처럼요."

부작용을 염려하는 사람들에게도 그의 말은 설득력이 있었다.

반려 로봇 활용안은 무난한 표차로 통과되었다. 오래지 않아 어린아이가 있는 가정에 반려 로봇이 보급되었다.

사랑스러운 표정에 대화를 나눌 수 있으며 온기를 품은 작은 로봇. 아이들은 모두 반려 로봇에 푹 빠졌다.

라르스에게 반려 로봇 알리샌은, 주어진 기능 이상의 존재였다.

알리샌은 라르스에게 가족이자 친구였다. 라르스에겐 영민한 아이 특유의 집요함이 있었다. 라르스는 생활의 모든 걸 알리샌과 공유하고자 했다. 어머니와 함께했던 일들도.

그러려면 알리샌은 업그레이드되어야 했다. 어린이를 위한 반려 로봇은 귀엽긴 했지만 정서적인 기능이 전부인 소박한 로봇이었다. 관절의 움직임은 인간을 닮았지만, 실내에서 되뚱거리며 계단을 오르는 정도에나 적합했다. 언어 기능도 있었지만, 아이의 말에 주입된 반응을 보이는 수준이었다. 그래도 기본적인 기능을 갖추었으니 수정 보완만 하면 됐다.

그래서 라르스는 로봇에 대해 공부했다. 어린 라르스는 부모의 지능을 물려받기도 했지만, 과격하게 몰두하는 성격도 물려받았다.

어느 늦은 밤 아버지가 집으로 돌아오니 라르스가 거실에 설계도와 기계 부품을 늘어놓고 알리샌의 어깨판을 교체하느라 끙끙대고 있었다.

"뭐 하는 거니, 라르스?"

아버지가 묻자 라르스가 공구를 능숙하게 사용하며 씩 웃었다.

"샌의 어깨 부품을 태양광 전지판으로 교체하고 있어요."

"왜?"

아버지가 의아하게 물었다. 반려 로봇은 밤에 충전 장치에 연결해 충전하도록 되어 있었다.

"태양광으로 충전하면 더 오래 밖에서 함께 있을 수 있잖아요. 야외에선 샌의 전력이 더 빨리 닳더라고요."

아버지는 미소 지으며 고개를 끄덕였다.

"좋은 생각이구나."

뼛속까지 공학자인 아버지는 아들의 그런 모습이 흐뭇했다. 아내의 죽음으로 인한 결핍을 건강하게 메꾸는 것처럼 보였다. 비록 자신은 그러지 못할지라도 말이다. 아버지는 그날 늦게까지 아들과 기술적 토론을 했다.

아버지는 라르스가 샌과 바깥에서 함께 하고픈 것이 공차기나 숨바꼭질 같은 놀이인 줄로만 알았다.

라르스는 어머니를 잊지 않았다. 어머니와 함께한 시간들은 봄날 눈 녹은 웅덩이를 데우는 햇살처럼 따뜻한 기억으로 라르스의 작은 가슴에 새겨져 있었다.

라르스는 어머니와 같이했던 것처럼 알리샌과 함께 식물 채집을 다니고 싶었던 것이다. 일곱 살이 된 라르스는 이미 또래보다 훌쩍 키가 컸고, 혼자서 암벽 등반을 연습해 잔근육이 단단히 잡혀 있었다.

라르스는 우선 알리샌의 관절과 손가락을 손봤다. 힌지와 액추에이터를 교체해 관절의 유동성을 높이고 힘을 보강했다. 손가락과 발가락도 중요했다. 집 안에서라면 컵이나 쥐고 공이나 던지고 받으면 되겠지만, 알리샌은 그 이상의 일을 해야 했다.

바위를 붙들 수 있는 관절 구부림과 힘이 필요했다. 자신이 손으로 잡거나 발로 디딘 것이 미끄러운 눈인지, 풀인지, 단단하고 날카로운 바위인지 판단하고 대응하려면 고성능 센서도 필요했다.

카메라 눈을 통해 받아들인 시각 정보와 손의 센서를 통해 얻은 촉각 정보 등을 순간적으로 분석하고 판단한 뒤엔 그에 맞는 움직임을 즉각적으로 실행할 수 있어야 했다. 그러려면 인공지능 모듈도 개선할 필요가 있었다.

라르스에겐 그럴 재능과 집념이 있었다.

알리샌의 인공지능 모듈이 업그레이드되면서 학습 능력과 언어 기능도 같이 높아졌다.

목적한 바를 이루었을 때 라르스는 여덟 살이 되어 있었다. 알리샌과 함께한 시간은 라르스의 천재성을 꽃피우는 시간이었다. 라르스는 봄비가 내린 뒤 며칠 동안 활짝 꽃을 피우는 동토의 식물 같았다.

라르스는 그때 막 부임해 온 카네 대장의 깐깐한 테스트를 받고 그녀의 제자로 받아들여졌다. 개척 사회의 교육은 온라인 교육을 기본으로 도제 교육의 형태를 띠었다. 뛰어난 건축가이자 기계공학 기술자인 카네의 지도하에 라르스는 현장에 투입되어 실무 경험과 지식을 쌓았다. 아직은 어려 주로 연구개발팀과 함께 일했고 교육 시간도 짧았지만 라르스는 눈썰미와 센스가 있어 발전이 빨랐다.

라르스의 성취는 사람들의 입에 오르내렸다. 어른들은 만족했다.

"라르스는 정말 모범 사례인 듯해요."

"주위 아이들에게도 좋은 영향을 주고 있어요."

하지만 세상만사는 그렇게 단순하게 흘러가지 않는 법이었다.

어느 날 밤이었다.

"아버지, 기지에 사람이 부족한 거 맞죠?"

알리샌과 보드게임을 하던 라르스가 지나가는 말처럼 물었다. 아버지는 읽고 있던 보고서에서 고개를 들어 아들을 보았다.

"시타델 사람들이 이곳에 살게 될 거야."

"땅 밑에 사는 사람들요? 언제 오는데요? 왜 지금 오지 않아요? 왜 우리와 함께 살면서 일하지 않아요?"

"라르스, 삶의 터전을 옮기는 건 쉽지 않단다. 거기 사람들도 자신들의 삶이 있어. 살아온 방식을 바꾸는 건 어려운 일이란다. 그래서 우리가 먼저 와서 그들이 예전과 비슷한 모습으로 살 수 있도록 필요한 것들을 건설하고 있는 거란다."

라르스가 영리하게 반짝이는 검은 눈동자를 자신의 반려 로봇에게 돌렸다.

"그냥 로봇을 많이 만들어요. 로봇들과 살면 되잖아요. 제가 더 우리와 닮게 만들 수 있어요. 더 똑똑하고 일도 더 잘하게요. 외롭지 않게 대화도 많이 나누고. 공장이나 채굴 현장엔 말도 못 하고 사람과 전혀 닮지 않은 로봇들만 있어서 지루하고 답답해요."

보고서를 내려놓은 아버지의 미간에 주름이 잡혀 있었다.

"라르스, 로봇은 사람이 아니다."

라르스는 아버지를 말끄러미 바라보았다.

맞아, 라르스. 나는 사람이 아니야. 로봇은 사람이 아니야.

알리샌이 자신을 향하지 않은 말에 대꾸를 하는 것에 깜짝 놀란 라르스의 아버지는 처음으로 아들의 로봇을 유심히 보았다.

알리샌은 처음 왔을 때와 많이 달라져 있었다. 귀여운 얼굴과 깜빡이는 동그란 눈동자, 작은 키는 그대로였지만 입력된 패턴이 아닌 대화에 자연스럽게 반응한다는 건 큰 발전이었다. 보드게임을 할 수 있다는 것도 놀라웠다. 손이 더 정교해졌으며 패턴 인식과 판단력도 처음보다 발전했다는 의미였다.

어린 라르스가 알리샌을 이만큼 바꾸어 놓을 때까지 얼마나 많은 시간을 함께 보낸 걸까. 아버지는 아들의 일상에 대해 아는 게 별로 없다는 걸 깨달았다.

"그게 뭐가 중요한지 모르겠어."

라르스가 뾰로통하게 대꾸했다.

"나에게 너는 다른 사람과 똑같아."

똑같지 않아.

알리샌이 생각하는 것처럼 천천히 눈을 깜빡였다.

사람은 살아 있어. 로봇은 아니야.

"살아 있다는 게 뭔데?"

라르스가 차갑게 뱉었다.

"언젠간 죽는다는 거잖아."

둘의 대화에 귀 기울이고 있던 아버지의 손에서 보고서가 툭 떨어졌다.

라르스는 어머니의 죽음을 잊지 않았던 것이다.

그리고 그 일이 벌어졌다.

어느 여름날, 주어진 현장 직무를 끝낸 라르스는 알리샌과 함께 식물 채집을 하러 산에 올랐다. 기지에서 가까운 야트막한 산이 었고 카네 대장에게 목적지도 알려 놓았다.

산 중턱, 제법 평평한 지대에 다양한 야생초들이 저마다 예쁜 빛깔로 소담스럽게 피어 있었다. 여름은 식물들에게 바쁜 계절이 었다.

"이것 봐, 샌. 통통한데 가죽 같지. 얼지 않으려고 표면이 이런 거야. 겉으로 보이는 부분은 짧지만, 땅속 깊이 뿌리를 내리고 있단다."

조심해서 캐야겠다.

"맞아."

사람들은 먹어야 하고, 너는 먹을 수 있는 식물을 연구하니까 훌륭해.

알리샌이 말했다. 라르스는 알리샌을 쓰다듬었다. 터치에 반응하는 센서를 가진 알리샌이 귀여운 소리를 내며 눈을 깜박였다.

"나는 먹지 않아도 되는 네가 부러운걸. 나도 너처럼 먹지 않아도 되면 좋겠어."

라르스는 알리샌과 나누는 대화가 즐거웠다. 엄마처럼 따뜻한 말로 격려해 주고 칭찬해 주고 좋아하는 걸 나눌 존재가 있어서 행복했다.

라르스가 한창 채집에 몰두하다가 돌아보니 알리샌이 잠들어 있었다. 스스로 초절전 상태로 돌입한 것이었다.

원래 저용량 에너지로 충분하도록 설계된 로봇이라 라르스가 기능을 보완한 뒤로 알리샌의 배터리 소모 속도는 엄청났다. 태양광 전지판으로 실시간으로 충전하지 않으면 버틸 수 없을 정도였다.

시간 가는 줄 모르고 몰두하다 보니 날씨가 흐려진 걸 몰랐다. 알렙의 날씨는 변덕스러웠다.

라르스는 당황했다. 구름 뒤에 완전히 숨어 버린 해는 쉬이 나올 것 같지 않았다. 어서 내려가지 않으면 해가 질 것이다.

어린 라르스는 알리샌을 데리고 내려갈 힘이 없었다. 그렇다고 잠든 알리샌만 두고 혼자 내려갈 수는 없었다.

라르스는 결정했다. 자신이 있는 곳을 알고 있으니 사람들이 데리러 올 것이다. 라르스는 여기서 사람들이 올 때까지 기다리기로 했다. 절전 상태임에도 알리샌의 몸은 따뜻했다. 라르스는 추위를 타지 않지만 알리샌이 늘 체온과 같은 온도를 유지하는 것이 좋았다. 엄마 같아서. 라르스는 알리샌을 꼭 끌어안고 잠이 들었다.

라르스가 산에 간 걸 아는 사람이 카네 대장이었다는 게 문제였다. 카네는 당연히 라르스가 집으로 돌아갔을 거라 생각했다. 카네도, 아버지도 집에 연락해 라르스가 뭐 하고 있는지, 잘 있는지 확인하는 성격은 아니었다. 라르스와 지내다 보면 라르스의 나이를 잊기 십상이었고, 라르스는 늘 알리샌과 같이 있었으니까.

아버지가 집에 돌아와 라르스가 없다는 사실을 알게 되었을 땐 이미 밤이었다. 한바탕 난리가 벌어졌다. 라르스와 알리샌을 찾아 데려오는 동안 어른들은 말을 잃었다.

아무리 여름이라 해도 알렙의 밤은 뼈에 사무치게 춥다. 만약 라르스가 강화인이 아니었다면?

라르스가 반려 로봇을 혼자 두고 내려올 수 없어 이런 상황이 벌어졌다는 사실은 개척 사회 전체에 큰 충격을 주었다.

전체 회의가 소집되었다. 라르스의 아버지는 자아비판대에 선구세계의 지식인처럼 침통한 표정으로 모두 발언을 했다.

라르스의 아버지는 라르스가 반려 로봇을 대하는 태도와 걱정스러웠던 발언들에 대해 얘기했다. 개척인들은 어두운 표정으로 그의 이야기를 들었다. 냉혹한 지상에서 낭만적이고 낙관적인 태도는 비극을 초래하기 십상이라는 진리를 다시 한번 확인한 셈이었다.

라르스를 비롯한 아이들이 로봇에게 가진 태도는 개척인의 대의에 어긋나는 길로 다음 세대를 이끌 게 분명해 보였다.

그들은 실패를 인정하고 '아이를 위한 인간형 반려 로봇 제도'를 철회하기로 결정했다. 그 결정을 내리는 데 아이들의 의견은 반영되지 않았다.

라르스는 울부짖으며 아버지에게 매달렸다. 이제 라르스는 소중한 존재를 잃는다는 것, 다시는 보지 못한다는 것이 어떤 의미인지 잘 알고 있었다.

"아버지, 아버지, 제발…… 샌을 죽이지 마세요."

아버지의 얼굴이 고통으로 일그러졌다. 어린 아들의 입에서 '죽음'이란 말이 나왔다는 것, 그 말을 '로봇'을 상대로 썼다는 것. 둘 다 비통하기 짝이 없는 일이었다.

"라르스, 로봇은 사람이 아니야. 죽지 않는다."

"인공지능 모듈을 제거할 거잖아요. 다 알아요."

라르스가 소리쳤다.

인공지능을 없애면 알리샌은 더 이상 알리샌이 아니다. 대화를 나눌 수도, 함께 놀 수도, 산책을 할 수도 없다. 그게 '죽음'이 아니면 뭐란 말인가.

아버지는 아무것도 몰랐다. 처음 얼마간의 시간이 흐르고 난 뒤엔 라르스가 엄마가 보고 싶다고 울지도 않고, 엄마 얘기를 하지도 않았으니까. 라르스는 엄마가 돌아올 수 없다는 걸, 엄마 이야기를 꺼내는 게 아버지를 힘들게 하는 일이라는 걸 이해하고 받아들였던 것이다. 그렇다고 외로움과 슬픔을 느끼지 않는 건 아니었다. 어른처럼 꾹꾹 누르고 견뎠을 뿐이었다. 달리 방법이 없으므로. 어쩔 수 없는 일에 떼쓰고 우는 건 무의미하다고 생각했으므로.

라르스가 엄마를 가슴속에 묻었다는 것을, 알리샌까지 그럴 수는 없다는 것을 아버지는 이해하지 못했다.

"어른들의 잘못된 판단으로 이런…… 이런 일이 생겼구나. 라르스, 미안하다. 용서해라."

그렇게 말하는 아버지의 목소리는 비통했다.

"안 돼요. 안 돼요……."

라르스는 바닥에 쓰러져 흐느꼈다. 잘못된 판단이었다고 말하면 되돌릴 수 있기라도 한단 말인가. 이제 샌 없이는 단 하루도 살 수 없을 것 같은데.

그토록 빛나던 아들이 작고 무력한 모습으로 우는 것을 바라보는 아버지의 마음은 흔들렸지만 이제 와 돌이킬 수도 없었다.

"라르스, 너도 알지 않느냐. 개척위원회의 결정은 번복될 수 없단다."

물론 라르스도 잘 알고 있었다. 이 결정이 되돌려질 수 없음을. 결국은 자신이 받아들일 수밖에 없다는 것을.

다 내 잘못이야.

라르스는 자책했다.

샌을 거기 두고 혼자 내려왔더라면. 어른들과 함께 샌을 데리러 돌아갔더라면.

내가 샌을 덜 사랑했더라면.

탈진할 정도로 울고 나서, 체념한 라르스는 아버지를 외면한 채 작은 목소리로 말했다. 알리샌의 몸체는 자신에게 달라고. 아버지는 망설이다가 그러겠다고 약속했다.

두 번째라고 더 쉬운 건 아니었지만, 라르스는 이번에도 견디고 버텨 냈다. 그리고 소중한 존재 따위 다시는 만들지 않겠다고 결심했다.

갖지 않으면 잃지도 않으니까.

참을 수 없이 외로운 밤엔 가끔 옷장 구석에서 샌을 꺼냈다. 물끄러미 바라보다가 전원을 켰다. 알리샌의 동그란 눈동자가 깜빡이며 빛났다. 라르스는 머뭇머뭇 샌을 끌어안았다. 더 이상 생각하지도 말하지도 못하는 샌의 몸이 따뜻하다는 건 잔인한 일이었다.

그 쓰디쓴 맛과 함께 라르스는 일찍 어른이 되었다. 가장 뛰어난 개척 대원으로 성장했다.

아버지가 떠날 때도 울지 않았다.

✦

하얀 거리를 주홍색 제설차가 천천히 오갔다. 눈이 덜 쌓이도록 비스듬하게 설계된 건물 지붕에서 눈가루가 흩날렸다. 주거 구역의 거리는 이미 폭설의 흔적이 꽤나 지워져 있었다.

정류장 대기소엔 일찍 나온 사람들이 웅기중기 모여 있었다. 사람들의 옷차림은 강화인인지 아닌지에 따라 사뭇 달랐다. 아직까진 비강화인이 더 많았다.

알렙 기지의 주거 지역은 각진 성과 같은 구조로 되어 있다. 사철 거센 바람과 변덕스러운 날씨 때문이다. 성안에 집들이 있는 게 아니라 사람들이 거주하는 건물이 장벽처럼 거리와 시설들을 감싸고 있는 형태랄까. 건물들은 태양광 패널을 상층부에 이고 있고, 대부분 내부에 중정을 가지고 있는 구조다. 눈 폭풍이 휘몰아칠 때 밖에서 놀지 못하는 아이들을 위한 배려다.

아침 카페들에서 음식 냄새가 풍겨 나왔다. 이 거리의 카페들은 아침 출근 시간 전과 저녁 퇴근 시간 후에만 문을 연다. 카페 주인들도 모두 과학자나 기술자다.

라르스는 정류장 뒤에 있는 한 카페로 들어갔다. 은빛 곱슬머리와 수염을 보기 좋게 손질한 낭만적인 풍모의 중년 남자가 커피를 내리고 있었다.

"라르스, 폭설인데 쉬지도 못하고 굴렀다며? 자, 여기. 블랙커피와 프렌치토스트."

라르스는 인사를 건네곤 커피가 담긴 큰 컵과 먹기 좋게 포장된 토스트를 받아 들었다.

카페 주인 로제 씨는 알렙 기지 농업연구소 소장이다. 라르스 어머니의 옛 친구이자 라르스의 두 번째 스승이기도 했다. 로제 씨는 개척 사회에서 보기 드문 낭만주의자이며 유일한 시인이었다. 그가 쓴 시는 누구나 읽을 수 있도록 카페 벽을 장식하고 있었다. 사람들은 은빛 수염을 날마다 정성껏 다듬고, 입만 열면 시적인 말들이 술술 흘러나오는 그를 애정과 놀림을 담아 '로제 씨'라고 불렀다. 로제 씨는, 소장님도 사장님도 아닌 그냥 로제 씨였다.

토스트의 재료인 계란, 우유, 베이컨 등을 비롯해 카페에서 파는 대부분의 식품들은 모두 생명공학 기술로 만들어 낸 합성 식품이었지만 커피는 아니었다. 로제 씨가 관리자로 있는 수직 농장에서 생산에 성공한 커피콩으로 만든 커피로, 로제 씨의 자부심이었다.

로제 씨가 직접 볶은 커피콩의 살짝 시큼하고도 고소한 향이 라르스의 콧속으로 스몄다.

이 커피는 합성 커피와는 비할 바가 아니다. 향이 최고고, 기름지다고 할 정도로 풍미가 깊다. 로제 씨는 커피콩에 '알레프카'란 이름을 붙였다.

"커피는 말이야, 어려운 아이야. 추위도 안 되고 더위도 안 되고 가물어도 안 되고 너무 습해도 안 되지. 햇빛이 풍부해야 하지만 직사광선은 또 안 돼."

"까다롭군요."

라르스가 웃으며 대꾸했다. 로제 씨가 고개를 끄덕였다.

"섬세한 공주님이지. 공주님을 섬기는 기사가 되어야 하네. 알겠나? 기후 재앙으로 이미 구세계에서도 멸종했던 커피나무를 여기 우리 알렙 기지에서 내가 부활시킨 거야. 꽃이 피고 열매가 맺는 걸 볼 때의 내 심정을 짐작할 수 있겠나?"

공주와 기사라니, 낡은 비유였지만 커피를 마시던 사람들은 고개를 살짝 숙여 경의를 표했다. 이 뜨거운 검은 액체는 그럴 만한 가치가 있었다.

"라르스, 아직도 내 품으로 돌아올 마음이 없는 건가? 난 언제라도 양팔 벌려 환영일세."

"저는 어머니께 서약을 맹세한 기사니까요."

로제 씨와 라르스의 어머니는 지상에 정착한 인간 사회가 충분히 배를 채울 수 있는 식량 자원을 생산하겠다는 목표가 같았지만, 추구하는 궤는 달랐다.

로제 씨는 구세계부터 이어져 온 전통적인 식량 자원을 복원하고 개량해 식물 공장 시스템을 통해 대량 생산하는 게 목표였다.

알렙은 기후가 안정적인 여름을 제외하면, 시도 때도 없이 눈폭풍이 불어닥치고 폭설의 습격을 받는다. 그래도 깊은 내륙에 있는 평원이라 봄에서 여름에 이르는 시기에는 동토의 식물들이 풍성하게 자란다. 종 수도 개체 수도 풍부한 편이다. 어머니는 그 식물들을 유전자 개량해서 식량화하겠다는 야심을 품었다. 라르스도 어머니의 뜻을 이어받아 연구를 계속하고 있었다. 지상의 동식물이 현재의 기후에 빠르게 적응하고 변화한 것처럼 인류도 그래야 한다는 게 모자의 생각이었다.

다만 그러려면 생존력은 강하지만 먹을 수 없는 식물과 생존력은 약하지만 먹을 수 있는 식물 사이의 유전자 결합이 성공해야 했는데, 이게 쉽지 않았다. 성공해도 볼품없이 자라 금방 죽어 버리거나 생산성이 떨어졌다.

"그나저나 자네 뭔가 달라졌어. 시타델에 다녀온 뒤로 말이야."

로제 씨가 모양 좋게 다듬은 수염을 쓸며 라르스를 유심히 보았다. 입가엔 뜻 모를 미소가 떠올라 있었다. 라르스가 퉁명스럽게 대꾸했다.

"이젠 관상학까지 손대시는 겁니까? 시나 쓰세요, 스승님."

"내 눈은 못 속이네, 라르스. 자네를 아기 때부터 봐 왔어. 외로워 보이는군. 뭔가 마음이 딴 데 가 있는 것 같단 말이야. 땅 밑에서 마음에 드는 아가씨라도 만났나?"

카페 사람들이 일제히 귀를 쫑긋 세우는 게 보일 지경이었다. 다른 사람도 아닌 라르스가 시타델에 갔다가 여자에게 반했다고?

라르스가 북풍 한파 같은 냉기를 온몸에서 내뿜으며 휙 돌아보자 사람들은 모두 접시에 코를 박았다. 알렙 기지 부대장 라르스는 카네 대장 못지않게 성격이 만만치 않았다.

로제 씨가 허허 웃으며 능치듯 말했다.

"농담이네, 라르스. 여기에도 여자는 있어. 자네에게 마음을 둔 사람이 분명 있을 텐데 둔한 자네가 알아채지 못하는 거겠지."

카페를 나서니 줄이 길어져 있었다. 이윽고 거리 저 끝에서 출근 차가 굉음을 토하며 달려왔다. 화물 수송용 장갑차를 방불케 하는 크기의 트럭이었다. 내부에 고정된 의자는 짐을 실을 땐 접을 수 있는 구조였다.

주거 구역을 벗어나면 어디나 허허벌판이었다. 주거 구역과 달리 들판엔 폭설의 여파가 확연했다. 그래도 기지의 여러 시설을 잇는 도로는 그럭저럭 제설되어 있었다.

여덟 쌍의 거대한 바퀴가 울퉁불퉁하게 얼어붙은 대지를 거칠게 달려갔다. 사람들은 안전벨트를 한 채 초탈한 표정으로 앉아 있었다.

라르스는 김이 서린 고글을 벗고 창을 스치는 풍경을 응시했다.

멀리 설산, 동쪽으론 햇빛을 받아 번쩍이는 금빛 기지 본부와 센터, 수직 농장, 서쪽으로 한창 확장 중인 생산 공장, 그리고 북쪽 지평선까지 펼쳐진 풍력 발전기들.

세포에 새겨진 듯 익숙한 풍경이다. 그런데…… 요즘은 이 익숙한 풍경을 자꾸 낯선 타인의 눈으로 보고 있는 자신을 발견하곤 한다.

이곳에 막 도착한 그 여자애의 눈으로.

황량하다.

라르스는 그만 눈을 감았다.

그 애는, 그래, 숲이 어울린다. 따뜻하고, 생기 넘치는 그 애에겐.

본부 건물에 들어서자 데스크 당직이 라르스에게 인사했다.

"부대장님, 신입 대원이 오늘로 나흘째 대기 중이에요. 지금 바로 가실 거죠?"

오늘은 다들 작정을 한 모양이군. 라르스는 단말기를 켜고 카네 대장에게 곧장 보고했다.

"대장님, 오늘은 신입 대원 연수에 바로 들어가겠습니다."

빠르군.

카네 대장의 삐딱한 말투를 모르는 척 라르스는 덤덤하게 대꾸
했다.

"보고는 일 마치고 들러서 하겠습니다."

귀한 신입 내쫓지 말아. 시타델에서 지원자가 온 게 얼마 만인 줄
알지?

라르스는 쓰게 웃곤 신입이 배정받은 임시 숙소로 가기 위해
엘리베이터를 탔다.

급여와는 별도로 시타델 정부에서 근속 연수별 누적 인센티브
를 보장하고, 연차가 차면 개인 주택도 배당하는 등 제도적 지원
을 아끼지 않지만 여전히 지원자가 많지는 않았다. 와도 오래 견
디지 못하거나.

동료 기사인 부일코도 시타델 출신이지만 그는 장기 파견 노동
자다. 영구 이주 지원자가 드무니 정부에서 짜낸 자구책이 장기
파견 제도였다.

숙소동에 도착한 라르스는 문을 두드린 뒤 기다리지 않고 열고
들어갔다. 침대에 구부정하니 앉아 있던 신입 대원이 벌떡 일어
섰다.

나이는 스무 살 안팎이려나? 연한 갈색 머리에 갈색 눈, 온순한
인상에 놀기 좋아하게 생긴 남자였다. 생각보다 평범한 모습이어
서 좀 의외였달까. 보통은 비장하고 처연한 표정인데.

"알렙 기지 부대장 라르스다. 앞으로 일할 현장의 작업반장이

기도 하니까 반장이라고 불러. 이름은?"

신입은 눈이 휘둥그레졌다가 얼른 자세를 바로 했다.

"마, 마일로입니다. 자, 잘 부탁드립니다."

신입은 도착 후 기상 악화로 기약 없는 대기 상태였다. 그렇지 않아도 모든 것이 낯선데 불안하고 힘들었을 것이다. 그동안 아무런 일도 주지 않은 건 라르스 입장에선 일종의 통과 의례이기도 했다. 이곳의 삶에서 기다림과 인내는 필수니까.

라르스는 숙소 공간을 쓱 둘러보았다. 선반에 소지품이 깔끔하게 정리되어 있고, 트렁크 같은 큰 짐은 수납장에 넣었는지 보이지 않았다. 만약 짐 정리가 되어 있지 않고 방이 어수선하다면 오래 못 버틴다는 데 한 달 급여를 걸어도 좋았다. 그렇다면 교육 내용도 달라진다. 익히는 데 시간이 걸리는 일, 팀플레이로 이루어지는 일은 가르치지도 맡기지도 않는다. 힘들고 귀찮고 잡다한 일부터 떠맡긴다.

"합격."

"네. 네?"

"오늘은 착용형 강화 로봇 조종에 대해 배울 거다."

바로 현장 작업에 투입된다는 의미였다. 신입은 모르겠지만.

"어, 어, 네. 알겠습니다."

신입은 무기한 대기가 끝나서 좋기도 하면서 정신이 하나도 없는지 얼떨떨한 표정을 지었다.

"외부 작업이다. 완전 복장 안 갖추고 뭐 하고 있나?"

"앗, 알겠습니다! 죄송합니다!"

신입은 허둥지둥 수납장으로 달려갔다.

"삼 분 준다."

알렙에 오기 전 시타델에서 지상 적응 훈련을 일정 기간 받긴 한다. 하지만 막상 닥치면 그다지 쓸모는 없다. 시타델에서 어떤 훈련을 받든, 어떤 각오를 다지든, 그들은 앞으로 맞닥뜨릴 시간의 백 분의 일도 상상하지 못할 것이다.

제한 시간은 넘겼지만 다시 라르스 앞에 선 신입은 제대로 방한 복장을 갖추어 입은 상태였다. 보기보단 괜찮은데, 하고 라르스는 생각했다. 신입이 한 번에 방한복을 제대로 갖춰 입는 걸 본 적이 없었다.

"저, 저⋯⋯. 죄송하지만 질문 있습니다."

"말해."

"그⋯⋯ 제 급여 계좌를 시타델의 가족 계좌와 연결할 수 있을까요?"

라르스가 물끄러미 바라보자 신입이 얼굴을 붉혔다.

"네가 여기 오면, 가족이 받는 혜택이 많을 텐데?"

"예? 예⋯⋯. 그래도."

"아픈 가족이 있나?"

신입은 말없이 고개를 끄덕였다.

"알겠다. 물론 가능하다."

"네! 감사합니다!"

신입이 기쁜 얼굴로 소리쳤다. 라르스는 피식 웃곤 밖으로 나갔다.

2인승 전지형 차량에 신입을 태우고 현장으로 달렸다. 여기 사람들은 모두 운전이 거칠고 속도광이다. 바퀴가 돌을 튀기고 얼음을 부수며 굉음을 토했고 신입은 그에 맞먹을 정도로 비명을 질러 댔다. 목청이 좋았다.

차가 현장에 도착하자 라르스는 훌쩍 뛰어내렸다. 신입은 멀미가 나는지 비틀대며 내려선 헛구역질을 했다.

라르스가 고글을 올리며 덤덤하게 말했다.

"오는 건 자의지만 돌아가고 싶어도 최소 육 개월 규정이 있는 건 알고 있겠지?"

패기롭게 왔다가 얼마 안 되어 나가떨어지는 자들이 많아서 생긴 규정이다. 이것도 육체와 정신이 멀쩡할 때의 얘기지만. 자살을 시도하거나 징후가 보이면 돌려보낸다.

신입은 고개를 떨구더니 작은 목소리로 중얼거렸다.

"그럴 일은 없을 겁니다……. 저는 돌아갈 곳이 없거든요."

라르스는 신입을 슬쩍 보았을 뿐 아무것도 묻지 않았다.

"마일로."

"네!"

"둘러봐라. 네가 일할 현장이다. 제2 생산 공장이지. 생산 라인을 확장하고 있다."

부지는 광활했으며 사람은 많지 않았다. 목적에 부합하는 다양한 형태와 크기의 생산 로봇들이 규칙적인 움직임을 반복하며 쉼 없이 일하고 있었다. 신입은 눈앞의 광경에 압도된 표정으로 입을 벌리고 있었다.

"어때?"

라르스가 차분하게 물었다.

"이제야 실감이 나네요. 제가 정말로 지상에 있다는 게. 그동안은 꿈꾸는 것만 같았거든요."

마일로의 눈시울이 붉어졌다.

"상상했던 것보다도 훨씬…… 대단해요. 저 정말 열심히 하겠습니다."

"다짐 같은 건 하지 마."

라르스가 담담하게 말했다.

"그냥 하루하루 버텨. 시간이 흐를수록 쉬워진다."

차에서 내린 지 십 분도 안 되어 마일로는 와들와들 떨기 시작했다.

"와, 끔찍하게 춥네요! 이것도 시간이 지나면 좀 나아지나요?"

"아니. 미안하지만 그건 아냐."

라르스가 대꾸했다.

"그리고 이 정돈 추운 것도 아닌데? 곧 봄이야."

마일로의 얼굴에 처음으로 두려움이 어렸다.

"그, 그렇습……니까?"

라르스는 싱긋 웃었다.

"겨울은 아직 멀었다. 미리 걱정할 거 없어. 여기선 생각할 시간에 몸을 움직이는 게 도움이 된다."

라르스는 현장 한쪽에 설치된 로봇 셸터로 신입을 데려갔다.

사면 벽 가득 착용형 로봇과 조종형 탈것 형태의 로봇들이 배치되어 있었고, 자동 배식기도 있었다.

"현장의 로봇들은 타설이든 조립이든 한 가지 일만을 영구 반복해. 다양한 상황에서 판단하고 유기적으로 연결하는 업무는 이런 걸 입거나 타고 사람이 하지. 인간 신체의 다양한 기능을 강화해 준다고 생각하면 돼. 더 빨라지고, 힘이 세지고, 안전해지는 거야."

라르스의 설명에 신입이 고개를 끄덕였다.

"넌 게임을 많이 해 봤을 테니까 익히기 쉬울 거야. 그래도 처음엔 네 사지처럼 움직이는 게 맘처럼 수월하지 않을 거다. 의식할수록 더 부자연스러워지니까 처음에 루틴을 익히고 나면 반복 훈련에만 집중해."

"알겠습니다."

"외부 작업 시엔 헬멧과 마스크가 필수다. 소통은 무선 마이크를 통해서 하는데 날씨에 따라 잘 안 될 수도 있어."

"그럴 땐 어떻게 합니까? 꼭 소통해야 하는 상황인데 무선 연결
이 안 되면?"

신입이 긴장한 표정으로 물었다.

"뛰어온다."

"예? 아…… 예."

라르스는 피식 웃었다.

"위험한 상황인데 소통이 안 된다면 큰일이지. 너를 대기 상태
로 만들었던 폭설이나 눈 폭풍 같은 게 그런 경우인데, 이런 현장
에서도 발생할 수 있어."

"여기서……요?"

마일로의 눈이 동그래졌다.

"저기 본부 건물이 뻔히 보이는데요?"

라르스가 말간 눈으로 마일로를 빤히 보았다. 마일로는 입을 다
물었다.

"폭설이 내리면 오 분 만에 풍경이 바뀐다."

"……"

"그러면 얼른 셸터로 뛰어 들어가서 기다려라. 셸터 내부는 어
떤 상황에도 안전하니까."

마일로는 긴장한 표정으로 침을 꿀꺽 삼켰다.

라르스는 슬쩍 웃었다. 겁을 좀 준 것에 불과했다. 신입이 적응

하기에 좋은 온화한 시기가 도래하고 있었고 현장을 벗어나지 않으면 위험할 게 없었다.

라르스는 신입에게 조종법을 가르쳤다. 착용한 로봇의 사지를 자신의 연장된 수족처럼 움직이게 되려면 시간이 걸린다. 조종법 자체는 게임에 익숙한 시타델 사람이라면 어렵지 않았다.

두 사람은 로봇을 착용하고 밖으로 나갔다. 신입은 삐걱대고 자빠지고 난리도 아니었지만 반나절이 채 되지 않아 훨씬 나아졌다. 적응이 빠른 편이었다. 말귀도 잘 알아듣고 운동 신경도 꽤 좋았다.

"잘하네."

라르스의 담백한 칭찬에 신입이 그제야 긴장이 풀린 듯 웃었다. 긴장과 함께 혀도 같이 풀렸는지 말이 많아지기 시작했다. 꽤 명랑한 성격에 수다쟁이였다. 자신을 위해선 다행한 일이다. 여기서 우울증에 걸리면 답도 없으니까.

그래도 일하는 내내 헬멧의 스피커를 통해 신입의 조잘대는 소리가 들려오는 게 퍽 낯선 일이긴 했다.

현장은 바람 피할 곳 없는 황야여서, 아무리 방한복으로 무장했다고 해도 평범한 인간이 추위를 느끼지 않을 도리는 없었다. 술 취한 것처럼 혀 꼬인 소리가 헬멧에서 들려왔다.

"반장, 휴, 휴식 시간 안 가집니까? 얼어 죽을 것 같아요. 배, 배도 고, 고픕니다."

114

라르스는 시간을 확인했다. 기대보다 훨씬 잘 버텼다. 합격.

"규, 규정 위반으로 반장을 신고할지도 모, 모릅니다."

마일로가 웅얼거렸다.

"농, 농담입니다. 배가 고프면 성질이 나빠집니다."

벌써 농담이라니. 마일로처럼 넉살 좋은 신입은 처음이었다. 라르스가 나이는 어려도 온몸에서 풍기는 아우라가 강해서 시타델에서 온 초짜들은 보통 기도 못 펴기 마련인데 말이다.

"마일로."

"네."

"현장에서 신고를 받는 사람이 나야."

"헉, 그, 그런가요."

라르스는 마일로의 표정을 보고 웃고 말았다. 그러고 보니 오늘 다른 때보다 많이 웃는 것 같다.

라르스는 신입을 데리고 셸터로 들어갔다. 셸터는 따뜻했다. 셸터의 자동 배식기에서 두 사람분의 점심 식사를 출력했다. 생각보다 다양한 메뉴를 선택할 수 있다며 신입은 좋아했다.

착용하고 있던 강화 로봇을 벗은 신입이 소리를 질렀다.

"아아, 살 것 같다. 반장은 추위를 안 타서 정말 좋으시겠어요."

"추위를 못 느끼는 거지 신체에 영향을 아예 안 받는 건 아냐. 나도 사람이다."

신입은 음식이 맛있다고 감탄했다. 라르스는 그중 몇 가지 재료는 수직 농장에서 재배한 식용 작물이라고 알려 주었다.

"와, 진짜요? 어쩐지. 언제 한번 농장에 가 볼 수 있을까요?"

"물론 가능하다. 일이 좀 익숙해지면 기지 전체 견학을 하게 해 주겠다."

춥다고 난리던 신입은 배가 부르니 더워졌는지 방한복까지 벗어 던지고 티셔츠 바람이 되었다. 신입은 언제 챙겨 왔는지 주머니에서 소형 게임기를 꺼내 들었다.

"아, 맞다. 제가 게임을 잘할 거라는 건 어떻게 아셨어요?"

"옷."

"예?"

"입고 있는 티셔츠. 그거 캐릭터……."

"아, 이거 아마존 어드벤처 팬 아트 티셔츠예요. 트라이비 오리지널 티셔츠는 제가 살 형편이 안 되고요. 그런데 반장이 그런 것도 아세요? 완전 의왼데요."

마일로가 반가운 표정으로 묻지도 않은 것까지 떠들었다.

라르스는 헛기침을 했다. 알긴 어떻게 알겠는가. 이경이 입고 있던 것과 비슷해서 넘겨짚은 것뿐이다.

마일로가 자기 티셔츠에 그려진 캐릭터를 쓰다듬었다.

"이 캐릭터, 이경이라는 디자이너 작품이에요. 아마존 몬스터라고, 너무나 사랑받는 캐릭터죠. 정말 어떻게 이런 이미지를 만들어 냈는지 모르겠어요."

마일로의 입에서 이경의 이름이 나오다니. 라르스는 어색하게 표정 관리를 하면서도 이야기를 더 듣고 싶었다.

그래. 얘는 시타델에서 왔지.

라르스는 마일로의 티에 프린트된 아마존 몬스터를 바라보았다.

게임을 즐기지 않는 라르스도 가상현실 게임의 캐릭터들이 보통 화려하고 멋지다는 것 정도는 안다. 현실과 비슷하게 평범하거나 초라하다면 인기가 없겠지, 당연히.

그런데 아마존 몬스터는 좀 달랐다. 독특하다고 해야 할까.

시커먼 목탄 같은 걸로 수없이 그은 선이 겹치고 겹쳐 만들어진 덩어리들이 교묘하게 힘줄이 되고 근육을 이루고 사지와 손발을 구성하고 있었다. 심지어 그 낙서 같은 선들이 눈 코 입과 표정까지 표현하고 있었다. 몬스터라는 이름에 어울리는 기괴함과 음울함이 있으면서도 어딘가 허술하고 몽글한 느낌도 있어서 귀엽다는 인상을 주는 괴물이었다.

보통 괴물이라고 하면 사납고 무섭고 끔찍한 걸 연상한다. 아마존 몬스터는 뭔가 궁상맞고 우울하고 외로워 보이는데 한편으론 보호 본능을 불러일으키는 데가 있었다. 그런 면이 시타델 젊은 세대의 마음을 움직이고 공감을 이끌어 냈는지도 모른다.

"얘는 정말 센세이션이었어요. 지금은 다른 게임사들이 우리 아마를 흉내 낸 캐릭터들을 내놓고 있지만, 이때만 해도 이런 캐릭터는 처음이었어요. 정말 많은 사랑을 받고 있죠. 친구 같은 존재예요. 드라마화도 될 정도로요."

"아마?"

"그렇게 불러요. 아마. 귀엽죠?"

흠. 게임 속 캐릭터를 사람처럼 여기고 실제로 존재하는 것처럼 말하는 심리는 뭘까. 라르스로선 이해하기 어려운 정서였지만, 그래도 대화를 좀 더 하고 싶었다.

"그런데 아마존은 푸른색 아니야?"

라르스가 무심하게 물었다.

"왜 시커멓지?"

마일로가 새삼스럽게 옷을 내려다보았다.

"그러게요. 그런 생각은 안 해 봤는데 듣고 보니 그렇네요. 왜 그럴까."

라르스가 질문은 내가 했잖아, 라는 표정으로 마일로를 빤히 보았다. 마일로는 라르스의 눈빛을 보곤 자신이 대답을 찾아내야 한다는 걸 깨닫고 당황했다.

"어, 그게…… 그러니까, 맞다. 색이 아주 많으면 검은색이 되잖아요? 아마존은 자연의 보고 같은 곳이니까요. 전에 어디서 본 적이 있는데 아마존 늪가의 진흙은 검은색이래요. 그러니까 검은색은 풍요의 색, 생명의 색인 거죠."

"그럴듯한데."

라르스가 턱을 받쳤다.

"더 말해 봐."

"아니⋯⋯."

마일로는 울상이 되었다. 마일로는 자신의 상관이 어떤 여자와 관련된 이야기를 좀 더 길게 듣고 싶어 한다는 걸 알 턱이 없었다. 마일로는 머리를 쥐어짜 냈다.

"어, 그리고 뭔가가 타면 검게 변하잖아요. 그건 탄소 때문인 거 아시죠? 탄소는 빛을 흡수해 열로 바꾼대요. 아마존 몬스터는 빛을 먹고 사는 몬스터죠. 그리고 따뜻한 열을 주위에 나누어 주고요. 아마존 몬스터는 이래 봬도 마음은 밝고 다정한 몬스터인 거죠. 창조와 생명의 몬스터."

"오."

라르스는 손뼉을 짝짝 쳤다.

"너 공부 잘했을 거 같아."

"제가 공부는 잘했어요."

마일로가 머리를 긁적이며 헤헤, 웃었다. 사실 이경의 인터뷰 기사 내용을 커닝한 것이지만 그것까지 말할 필욘 없겠지.

"더 얘기해 봐."

"반장님! 신입 괴롭힘으로 신고할 겁니다!"

"그 신고 내가 접수한다니까."

마일로는 못 들은 척 게임기에 코를 박았다.

"여기선 인터넷이 느려 터질까 봐 걱정했어요. 야외에서도 잘

되네요."

"바보 같은 소리. 너희는 우리가 원시 사회에서 사는 줄 알지?"

라르스가 퉁명스럽게 말했다.

"하지만 야외에선 뇌-인터페이스 사용은 자제해. 날씨가 변덕스러워서 위성 송신 장애가 잦아. 뇌신경에 나쁜 영향을 줄 수 있다."

"헉, 미치나요?"

"야."

"농담입니다."

신입의 표정은 처음 봤을 때보다 훨씬 밝아져 있었다.

"아마존 어드벤처 게임은 정말 좋아요. 여기 와서 대기 상태일 때도 그거 하며 버텼어요. 뭐가 좋으냐 하면 말이죠, 다른 가상현실 게임은 하고 나면 뭔가 멍해지면서 현실과 유리된 느낌 때문에 더 무기력해지거든요. 빠져나온 뒤의 그 느낌이 싫고 현실도 별 볼 일 없어서 아예 게임 속에서 사는 애들도 있어요. 먹고 자는 최소한의 생명 활동만 하고요. 그런데 이 게임은 안 그래요. 하고 나면 감각이 더 예민해지고 머리가 맑아지는 느낌이 들어요. 내가 살아 있구나, 새삼 실감도 나고요. 일상의 조그만 일도 더 행복하게 느껴져요. 반장님도 한번 해 보세요."

라르스는 텀블러에 담긴 커피를 한 모금 마시곤 덤덤하게 대꾸했다.

"나도 해 봤어."

"예? 정말요?"

마일로가 눈을 동그랗게 떴다.

라르스는 뇌-인터페이스로 가상현실 게임을 해 본 적이 없었다. 그래서 기지 센터의 하나뿐인 잡화점에 가서 컨트롤러를 샀다. 컨트롤러가 어딨는지 묻는 게 쑥스러워서 라르스는 잡화점 코너를 빙빙 돌아다녔다. 무인 상점이어서 천만다행이었다. 기지에선 서로가 서로를 너무 잘 알아서 금세 소문이 쫙 퍼졌을 테니 말이다. 그 라르스가 글쎄 가상현실 게임을 한대! 생각만 해도 등골이 오싹한 일이었다.

라르스는 다양한 게임 모드 중에서 체험 모드를 선택했다. 새를 선택해 숲을 체험했는데 과연 깜짝 놀랄 정도로 생생했다. 게다가 하늘을 나는 새의 시야와 감각으로 숲을 느낄 수 있어서 신비로웠다.

가상 환경의 그래픽도 뛰어났다. 아마존을 직접 눈으로 본 라르스의 관점에선 아주 똑같진 않아도 꽤 사실적이었다. 세부 묘사는 사실적인 걸 넘어서 굉장히 독창적이고 신선한 면도 있었다.

이경이 **연결자**로서 숲을 경험하기 때문에 가능한 일일 터였다.

이경이 라르스에 대해 검색해 본 것처럼 라르스도 이경에 대해 알아보았고, **연결**이라는 독특한 업무에 대해서도 조금은 알게 되었다.

아마존에 그렇게 밀접히 이어져 있는 이경이라면 그때 라르스가 한 말이 큰 상처였을 것이다. 눈물을 글썽이던 이경이 떠올라 새삼 미안해졌다.

이경이 아마존 몬스터 티셔츠와 반바지를 입고 나타났을 때, 라르스는 눈을 뗄 수 없었다. 지상 세계의 사람이 아닌 건 분명했지만 지하 세계에서 만난 다른 사람들과도 달랐다.

자유 의지라도 있는 듯 제멋대로 흐트러진 연한 곱슬머리, 잠이 부족한 듯 눈 밑이 거뭇했지만 활발히 정신 활동을 하는 사람 특유의 반짝이는 눈동자.

낯을 잔뜩 가리면서도 라르스의 눈길을 피하지 않고 똑바로 마주 보았다. 숲에 숨어 사는 요정처럼 내향적이면서도 독특하고 자유로운 사람이라고 생각했다.

숲은 사람을 치유해 주는 화학 물질을 뿜어낸다고 한다. 이경과 함께 숲길을 걸을 때 그랬다. 마음이 말랑해지고 시타델에 와 있는 동안 느꼈던 긴장과 피로가 스르르 풀리는 기분. 별말을 나누지 않아도 편안하고 즐거웠다. 라르스는 원래도 낯선 사람이나 일을 맞닥뜨리는 걸 어려워하지 않았지만 이경은 더욱 특별했다.

이경은 알까. 자신이 준 명함을 라르스가 여전히 간직하고 있다는 걸.

하지만 그 명함에 적힌 계정으로 연락할 일은 영원히 없을 것이다.

"반장님이 그 게임을 안다니 너무 반가운데요."

신입의 목소리가 라르스의 상념을 깨뜨렸다.

"거기 커뮤니티도 들어가 보셨어요? 아바타 월드도 있고, 게임 아이디를 알면 음성 대화나 화상 대화도 가능해요. 일대일, 다자간 대화 다 가능하고요. 잘하면 저를 만나실 수도 있겠네요."

라르스의 얼굴에서 핏기가 싹 가셨다.

다시는 들어가지 말아야지.

✦

일찍 기온이 뚝 떨어지는 알렙의 특징 때문에 현장 작업은 오후 네 시면 끝난다. 라르스는 신입을 데리고 본부로 돌아왔다. 본부 내부를 안내하는 것으로 오늘 일정은 끝이었다.

"교육받을 때 기지 본부 건축에 대한 영상 강의도 들었지만 실물로 보니깐 더 엄청난 거 같아요."

마일로가 본부 사옥을 올려다보며 감탄했다. 기지 본부는 풍력 발전소와 더불어 알렙의 상징물이었다.

"태양광과 지열로 내부에서 쓰이는 에너지를 거의 조달해. 유사시에 발전소에서 전기 공급이 끊겨도 문제없지. 외벽도 공기 순환 시스템으로 이루어져 있고 전면 강화 유리는 빛을 최대한 받아들여서 에너지로 바꾸지."

라르스가 차분하게 설명했다.

"들어가자."

"천고가 엄청 높아요."

건물 내부로 들어선 마일로가 위를 올려다보며 말했다.

"시타델에서 왔으면 더 그렇게 느껴지겠지만, 여기 기준으로도 그런 편이지. 이건 건축가인 카네 대장의 신념이 담긴 구조야. 전체 3층으로 이루어져 있는데 사실 6, 7층 이상의 높이지. 1층은 여기서 일하는 사람들의 휴식과 운동과 놀이를 위한 공간이야. 회의실, 카페, 구내식당, 도서관, 체육 시설, 휴식 공간 등 다양한 시설들이 있지. 2층이 사무 공간이야."

라르스는 마일로와 함께 에스컬레이터를 타고 2층 업무 공간으로 갔다.

"완전히 트인 공간이네요."

마일로가 속삭였다.

"우리 일의 특징 때문이야. 각 팀 또는 개인의 임무는 전문적이면서도 서로 연결되어 있고 통합적이거든. 하나 이상의 업무에 걸쳐 있는 사람도 많고. 이 일을 하다가 저 일로 옮겨 가기도 해. 수시로 회의를 하며 목표와 세부 과제를 함께 결정하지. 결정한 사안에 따라 업무가 조정되기도 하고, 팀이 새로 짜이기도 해. 모두 유능하고 열려 있는 사람들이라 가능한 업무 환경이지."

광장처럼 보이는 내부 공간 한가운데엔 '아고라'라 불리는 거대한 도넛 모양의 소파가 놓여 있었다. 회의 공간이자 휴식 공간이었다.

"인력이 적어서 그런 시스템으로 정착됐나 보네요."

솔직한 마일로는 라르스의 긴 설명을 한 마디로 함축했다. 라르스는 멈칫했다.

"어중이떠중이들이 우글거리는 것보단 유능한 소수가 낫지."

하지만 본부의 공간 규모에 비하면 지나치게 소수의 인력이 상주하는 것도 사실이었다.

"신입 대원은 일 년 동안 다양한 현장 경험을 쌓은 후 적성에 따라 주력 직무를 본격적으로 배우게 돼. 열심히 하도록."

"알겠습니다."

두 사람은 3층으로 이동했다.

"여기가 숙소 공간. 여기에도 개인 공간 외에 다양한 공용 시설이 있어. 오늘 고생했어. 푹 쉬어."

마일로가 길게 한숨을 쉬었다.

"갑자기 온몸이 아프네요. 너무 긴장했었나 봅니다."

"전혀 그렇게 보이지 않던데."

"제가 아파도 티가 안 난다니까요."

라르스는 웃으며 손을 흔들었다.

"신입, 내일 보자."

"수고하셨습니다, 반장!"

라르스는 2층으로 내려와 카네 대장의 업무 공간으로 갔다. 라르스의 공간이기도 했다. 설계 도안을 보고 있던 카네 대장이 고개를 들어 인사를 받았다. 원료를 가열하고 녹여 정교한 모양을 만들어 내는 사출 성형 기사인 부일코는 작업대에 코를 박고 있었다. 카네 대장과 라르스, 시타델에 부인이 있는 사십 대의 장기 파견 노동자인 부일코까지 세 사람은 알렙 기지의 공학 기술자 삼인방, 원 팀이자 세계관 최강자들이었다.

라르스는 간단한 경과보고를 했다.

"신입은 좀 어때?"

카네가 다시 도안으로 시선을 돌리며 무심한 말투로 물었다.

"숙소를 비웠을 때 점검을 했는데 쓸데없는 게 좀 많이 나오더군. 진득한 타입은 아닌 거 같은데."

"성격은 좀 가볍긴 합니다만, 일머리가 제법 있는 편입니다. 보기보다 착실한 거 같고요."

라르스는 저도 모르게 신입을 감싸고 있었다.

"더 두고 보셔도 될 것 같습니다."

"그래야지."

카네는 고개를 가볍게 끄덕였다.

개척 1세대인 카네는 예순에 가까운 나이로, 기지에서 가장 나이가 많은 축에 속한다. 남편은 베트 기지에서 일하다 사고로 죽었고, 딸과 아들은 여전히 베트 기지에서 일하고 있다.

카네 대장의 별명은 강철의 전사였다. 짧은 단발에 각진 턱, 큰 키, 넓고 단단한 어깨, 지칠 줄 모르는 체력. 냉혹한 지상에서 풍화된 바위처럼 표정을 읽을 수 없는 얼굴을 한 사람이었다.

건축가로서 카네는 완고한 원칙주의자이자, 금욕적인 정신을 가진 예술가였다.

카네는 구세계의 인류가 성장을 구가하던 시절의 방식을 진정으로 혐오했다. 마치 구세계에서 그 모든 과정과 파멸을 지켜보다가 동면한 뒤 지금 세계에 깨어난 사람 같았다.

구세계와는 완전히 다른 방식으로, 인간이 끼치는 영향을 최소화하는 체제로 지상의 삶을 개척하는 것이 카네의 지상 목표였다.

물론 그것은 개척인들 모두의 신념이긴 했으나, 카네는 너무 극단적으로 완고해서 개척위원회와 부딪힐 때도 많았다. 이 년에 한 번 개척 회의가 열릴 때마다 '인간 영역 제한제'나 '시타델 사기업 진출 제한', '에너지 감시 제도' 등을 발의해서 격론을 불러일으키는 것도 카네였다. 카네가 알렙으로 온 것도 베트 기지 사람들이 카네에게 진저리를 쳐서 일종의 추방 비슷한 것을 당한 거라는 소문이 있을 정도였다.

"인간도 겸손하게 지구상의 자리를 꼭 필요한 만큼만 차지해야 합니다. 곰팡이나 바퀴벌레 따위나 개념 없이 지구를 뒤덮는 거요. 공간이든 자원이든 인간이 마음대로 좌지우지해도 된단 생각은 오만이에요."

"그럼 시타델 사람들 그냥 지하에 사는 게 맞는 거 아닌가요?"

누군가 빈정거렸다.

"그건 시궁쥐 같은 삶이죠."

"뭐, 뭐요? 말이 너무 심한 거 아닙니까?"

"두더지나 지렁이는 땅 밑에 사는 생물이고, 인간은 지상에 사는 생물이죠. 지상에 발붙이고 살 자격은 있단 뜻입니다."

카네는 빈정거림 따위에 발끈하는 법이 없었다.

"있고 싶은 사람은 있으라고 해요. 아이들이라도 거기서 구해 내야 한다는 게 내 사명감입니다. 견디고 버티는 건 우리가 잘하는 거고, 난 얼마든지 기다릴 수 있습니다."

카네의 경력과 헌신에도 불구하고 위원장에 한 번도 뽑히지 못한 건 이런 성향 때문이란 게 중론이었다.

카네는 숟가락으로 바위를 뚫어 터널을 내라고 해도 다른 방법이 없다면 그 자리에서 바로 퍼질러 앉아 숟가락을 꺼내 들 사람이었다. 그런 식으로 오랜 세월에 걸쳐 강철 인간처럼 모든 영역에 싸움을 걸고 자기 뜻을 관철한 뒤 낭인처럼 유유히 새로운 전장으로 떠났다. 가족과 사별하거나 생이별을 한 뒤에도 변함없이 자신의 신념을 고수하며 홀로 묵묵히 나이를 먹어 갔다.

모두가 카네의 성격을 싫어했지만, 카네가 설계한 건축물의 훌륭함은 인정할 수밖에 없었다. 신념에 부합하면서도 아름다웠다. 카네가 만든 베트 기지의 동굴 온천은 개척인들이 한번은 가 보고 싶어 하는 명소였다.

"개척위원회가 드디어 미쳐 가는 거 같군."

카네가 툭 뱉었다.

"뭐가 말입니까?"

무슨 얘긴지 알면서도 라르스가 무심한 목소리로 물었다.

"이주 희망자에게 사유 토지 할당제 얘기가 나온 지 얼마 되지도 않았는데, 사기업 진출을 위한 세제 혜택과 고용 인센티브제 카드까지 정부에서 이번 회기에 발의할 생각이라더군. 개척위원회에서도 긍정적으로 검토할 모양이던데?"

카네의 입꼬리가 올라갔다.

"내 한 표, 반대에 알뜰하게 써 주지."

개척위원회의 중요 정책 변화는 대표 회의에서 결정된다. 카네는 종신 대표 위원이었다.

"그러다 암살당하실지도 모릅니다."

라르스가 웃으며 말했다. 카네가 경멸 어린 표정으로 뱉듯이 말했다.

"카이사르는 내가 아니라 개척위원 놈들이야."

라르스는 망설이다 말을 꺼냈다.

"대장님, 어느 정도는 기존의 방식을 수용해야 하지 않을까요. 시타델 사람들에게 우리처럼 살라고 하는 건 아무래도 무립니다."

카네가 고개를 들었다. 등을 의자에 기대며 라르스를 지긋이 바라보았다.

"로제가 자네가 좀 달라 보인다더군. 시타델에 보낸 건 후회하지 않아. 알 건 알아야지. 그래서, 보니까 심경의 변화가 오나? 도저히 이대론 안 될 거 같나?"

라르스도 카네 대장을 똑바로 보았다.

"네."

"라르스!"

카네의 눈초리는 준엄했다.

"기술만으론 부족합니다. 열망이, 무모할지언정 부딪치는 열망이 필요합니다. 그게 인간이죠. 그쪽 사람들은 그런 점에서 어느 정도 인간성을 잃고 있다고 느꼈습니다. 시간이 흐를수록 더 어려워질 겁니다."

"우리가 하면 된다."

"우리만으론 부족합니다! 대장님도 잘 아시지 않습니까?"

라르스의 목소리가 격해졌다.

카네의 돌부처 같은 얼굴에 미소가 떠올랐다.

"많이 컸군, 라르스. 나한테 소리 지르는 날도 오고."

"죄송합니다."

카네가 자리에서 일어나 창가로 걸어갔다. 건물 외벽은 밖에선 불투명하지만 안에선 밖이 투명하게 보인다. 빛 투과율이 높아서 작업 환경이 아늑하지 않다고 불만을 꽤 사는 구조였다. 에너지 문제에서 카네에겐 타협의 여지가 전혀 없었다.

"이리 와, 라르스."

라르스는 격해졌던 숨을 고르고 천천히 카네에게로 걸어갔다.

카네가 라르스의 어깨를 감싸안았다.

"이 녀석 언제 이렇게 컸어?"

카네가 손가락을 뻗었다. 라르스는 그 울퉁불퉁하고 험한 손이 가리키는 곳을 보았다.

"저길 봐. 저기도. 또 저기도."

본부에선 한 바퀴 돌면 알렘 기지의 전경이 지평선 끝까지 보였다. 카네의 손가락이 평원을 지키는 거인병 같은 풍력 발전기들을, 질서 정연한 건설 현장을 거침없이 가리켰다.

"나와 네 아버지와 어머니, 데이나…… 우리들, 실패하고 좌절하고 두려움에 떨지 않은 줄 아나? 긴긴밤 잠들지 못한 날이 없었는 줄 아나? 다 허무하고 환상에 불과하다고 절망한 적이 없었는 줄 아나? 그땐 정말 아무것도 없었어. 말 그대로 허허벌판이었단 말이다. 그리고 우린…… 젊었다. 울면서 잠들어도 다음 날이면 일어나 일하러 갔다. 태양, 변함없는 태양이 있으니까. 우린 죽어도 태양은 변함없이 뜬다. 내가 못 하고 끝나면, 다른 이가 이어서 하면 된다. 그게 이백 년도 못 사는 인간이 고난에 맞서 온 방식이다. 똑바로 봐라, 라르스. 저 모든 게 신기루 같나? 저게? 신념을 실재로 만들어 내고야 마는 건 인간의 마음이야. 나는 절대로 포기하지 않아. 버티는 것도, 다시 일어서는 것도, 참고 기다리는 것도, 나는 계속할 수 있다."

라르스의 눈에 물기가 어렸다.

하지만 스승님, 외로워요. 누군가 단 한 사람이라도 옆에 있어 줬으면 좋겠어요. 너를 믿는다고 말해 줬으면 좋겠어요. 아버지와 어머니가 서로에게 그랬듯이요. 저는, 그런 걸 바라선 안 되는 거겠죠?

라르스는 눈물을 보이지 않으려 고개를 들어 하늘을 보았다. 그 시선 끝에 어리는 형상이 한 소녀의 얼굴인 게 라르스는 이해가 되지 않았다.

갖지 않으면 잃지 않아도 된다고 생각했다. 그런데 갖지도 않았는데 잃은 것 같은 이 상실감은, 이 외로움은 뭐지?

소년은 자신의 마음을 이해하기엔 아직 어렸다.

닿을 수 없는

🌿 이경

시타델은 1년 365일 변화 없이 여일하다. 하지만 아마존은 예외다. 지상이 봄을 맞을 준비를 하면 아마존에도 변화가 시작된다.

수위가 올라가기 때문이다.

강둑에 굴을 파고 새끼를 키우는 동물들. 강에서 가까운 숲 바닥의 새 둥지와 벌집. 그대로 두면 물에 잠긴다. 지상에 봄이 오기 직전은 아마존에서 대이동이 시작되는 시기였다. 직원들이 눈코 뜰 새 없이 바쁘고 이경도 게임 디자이너로서의 본업이 거의 휴업 상태로 돌입하는 시기기도 했다. **연결자**들의 역할이 가장 막중한 때이기 때문이다.

곤란했다.

아마존에 있는 시간이 길어질수록 그 애에 대해 생각하는 시간도 많아졌기 때문이다.

이미 한 달도 더 된 일이었다. 한 번의 만남일 뿐이고.

한데 어쩐 일일까. 여왕벌이든, 새든, 나무쥐든, 숲의 생명에 연결되어 숲의 공기와 냄새, 소리에 감싸일 때면, 생생하게 라르스가 떠올랐다. 어제 본 사람처럼.

"말해 봐."

주웨이가 이경의 눈을 들여다보며 물었다.

"왜 우울해하는 건데?"

고개를 돌려 버리는 이경의 뺨을 양손으로 감싸 자기 쪽으로 돌리며 주웨이가 캐물었다.

"너, 그 애 생각하지."

"응."

"뭐?"

이렇게 즉답을 들을 줄은 몰랐던 터라 주웨이와 아리는 뒤통수라도 맞은 표정이 되었다.

"내가 명함 줄 때부터 알아봤다만······."

주웨이의 표정이 심각해졌다.

"아무 말도 없길래 그러다 잊은 줄 알았지."

"나도 그럴 줄 알았어."

이경이 구내식당 테이블 모서리를 긁적이며 웅얼거렸다.

"나는 이럴 거 같더라. 생전 뉴스 안 보던 애가 뉴스를 다 챙겨 보고, 지상 개척에 대한 뉴스가 거의 없다고 투덜대기까지 했잖아."

아리가 이마에 잔뜩 주름을 잡으며 걱정스러운 표정으로 이경을 살폈다.

"연락은 왔어?"

주웨이가 물었다. 이경은 고개를 저었다. 주웨이가 혀를 찼다.

"좋으면 뭐라도 해야지. 그냥 들입다 기다리고만 있는 거야?"

"주웨이, 그런 소리 마."

아리답지 않게 강한 말투였다.

"너는 사랑하는 사람과 한 직장에서 근무한다고 그렇게 쉽게 말하는 거 아냐."

주웨이가 입을 비죽였다.

"그러는 너도 동거하잖아."

아리는 여자친구와 삼 년 전부터 함께 살고 있었다.

"그러니까, 우리랑은 상황이 다르다는 뜻이야."

"아리 넌 매사에 너무 심각해. 이경은 이제 열여덟 살이야. 실컷 사랑해도 되는 나이라고. 끝을 생각하며 시작도 안 할 필요가 있을까?"

"그건 나도 알아. 하지만 이 경우는 다르지. 쉽게 시작할 일이 아냐. 아니, 애초에 만나지도 못 하잖아. 난 이경이 평범한 연애를 했으면 좋겠어."

"언니들, 그만하시죠. 내 문제는 내가 알아서 할게. 이래서 내가 아무 말 안 한 거야."

이경이 테이블에 엎드린 채 맥없이 말했다.

"연락 없어서 속상해?"

아리가 조심스럽게 물었다. 이경이 보일 듯 말 듯 고개를 끄덕였다.

"명함 괜히 줬나 봐. 기다리게 되더라고."

기다려서 뭐 어쩌겠다는 것도 없었다. 이경도 아리의 생각에 전적으로 동의하는 바였기 때문이다.

라르스가 좋았다. 처음 보는 순간부터 끌렸다. 바쁜 일상 속에서도 멍하니 그 애에 대해 생각하는 걸 멈출 수가 없었다.

하지만, 이경은 지금의 삶에 만족했다. 이런 행복은 꿈도 꾸지 못하던 날들도 있었지 않은가. 아무 희망도 없이 하루하루 비참을 견뎠던. 고작 한 번 만난, 전혀 다른 세계에서 온 사람 때문에 지금의 삶을 일 그램이라도 포기할 생각은 없었다.

그런데 외롭고, 우울하고, 공허했다.

처음엔 연락이 올 거라 생각했다. 막상 연락이 오면 그땐 어쩌지, 이런 고민도 했다. 그런데 아무 일도 일어나지 않았다. 분명 마음이 통했다고 느꼈는데.

동굴의 어둠 속에서 서로를 안았을 때, 다른 세계에서 태어난 두 존재가 서로를 이해하고 위로를 주고받던 신비로운 교감이 잊히지 않았다. 그 마음을 자신만 느꼈을 리가 없었다.

왜 그 애는 연락하지 않는 걸까. 라르스의 마음을 이렇게도 저렇게도 추측해 보면서 혼자 화가 났다가 애가 탔다가 잘됐다고 생각했다가 일말의 기대를 품었다.

그 모든 감정 소모가 한심해 죽겠으면서도 달리 어쩔 수가 없었다. 그의 마음을 모르기에 현실의 벽에 부딪힌 욕망은 더 강렬해졌다.

밤이면 이경은 어둠 속에 누워 '라르스가 시타델에 사는 남자아이라면.' 하는 가정 놀이에 빠져들었다.

그렇다면 이렇게 고민만 하고 있지는 않을 것이다. 찾아가겠지. 그러곤 우연히 마주쳤다는 듯 놀라며 어떻게 지냈냐고 묻고, 이렇게 우연히 만나서 반가운데 카페에 가서 커피라도 한잔하자고 말하겠지.

테이블을 사이에 두고 마주 보며 어떤 이야기를 나눌까 생각하는 것만으로도 즐거웠다. 이경은 지금 하는 작업에 대해, 그 일의 어려움과 즐거움에 대해 얘기한다. 종알종알 얼마든지 지치지도 않고 얘기할 것이다. 라르스도 일상생활에 대해 들려주겠지. 그 지점에서 이경의 상상은 벽에 부딪혔다.

이경은 슬픔을 떨치고 다시 원래의 상상으로 돌아갔다.

함께 할 수 있는 게 얼마나 많은지. 별것 아닌 작은 일로도 즐겁고 신날 거야. 퇴근 시간에 약속 장소를 공원으로 잡아서 같이 산

책도 하고, 내 작업실에 초대해서 숲에 부는 바람 소리를 함께 들어야지. 고속 엘리베이터를 타고 시타델의 최저층에서 최고층까지 올라가 보는 것도 좋겠다. 내 집에서 함께 차를 마시며 수다를 떨 수도 있다.

집에 오면 함께 차를 마시고 작업 스케치를 보여 줘야지. 라르스는 감탄하면서 이런저런 질문을 하겠지. 어떤 캐릭터가 가장 마음에 드는지 물어보자. 서로 마음에 드는 캐릭터를 골라서 함께 게임을 하면 정말 좋겠다.

이런 행복한 상상의 끝엔 더 큰 외로움과 공허함이 뒤따랐다. 그리고 한 달이 훌쩍 지나자, 이경은 모든 게 끝났다는 걸 깨달았다.

라르스가 연락하지 않을 거란 걸.

이경은 퇴근길에 중앙광장에 들렀다. 광장 외곽 사계절공원에서 아마존 어드벤처의 증강현실 게임 행사가 있는 날이었다. 첫번째 시범 게임이라 모니터링을 해야 했다.

한 달 전부터 기대에 찬 팬들의 반응이 커뮤니티를 뜨겁게 달구고 있었다. 정작 이경은 증강현실 게임을 좋아하지 않았다. 플레이어들과 실제 장소의 물리적 특징을 고려해야 하기에, 가상현실 게임에는 없는 여러 한계가 존재하기 때문이다.

공원에 도착하니 구경꾼까지 몰려 사람이 아주 많았다. 플레이어들은 모두 최첨단 바이저를 쓰고 있어서 바로 구분이 되었다.

바이저를 쓴 플레이어들의 눈엔 서로가 커스터마이징된 캐릭터들로 보일 것이다. 이경도 바이저를 꺼내 썼다. 증강현실 속 시간은 밤이었고, 날씨는 강한 비바람 모드였다. 용 몬스터가 나타난다는 뜻이다. 용 몬스터를 포획하는 팀은 큰 보상을 얻고 전략적으로도 우위를 점하게 된다.

각자 팀을 이룬 플레이어들은 모두 부산하게 움직이고 있었다. 가상 공간으로 변한 실제 장소에서 파밍을 하고, 필요한 아이템을 팔거나 사기도 했다.

그들이 보상으로 받거나 아이템을 팔아 얻는 가상화폐는 실제 현실에서도 통용되었다. 큰 상금이 걸린 대회도 있어서 플레이어로 성공하는 것이 많은 청소년들의 꿈이었다. 시타델의 취업 현실이 너무 가혹했기에 아예 전통적인 일자리를 포기하고 가상 세계의 크고 작은 경제 활동에 전념하는 사람들이 많았다.

곧 치열한 전투가 벌어졌다. 게임 환경은 기대한 만큼 훌륭했고, 증강현실 게임을 즐기는 사람들의 취향을 정확히 공략하고 있었다.

하지만 이경은 좀처럼 게임에 몰두할 수가 없었다.

이경이 창조에 참여한 세계이니 세포 단위까지 익숙한 풍경인데, 자꾸만 낯선 타인의 눈으로 바라보게 된다.

이곳을 처음 방문한 그 남자애의 눈으로.

그러자 이경과 눈앞에 벌어지는 광경 사이에 불편한 거리감이

닿을 수 없는 141

생겨났다. 이경은 한숨을 쉬고 위를 올려다보았다.

먹구름 가득한 하늘에 천둥이 치고 번개가 번쩍였다. 세찬 비바람을 휘감고 용 몬스터가 헤엄치듯 날고 있었다. 사람들의 환호성이 울려 퍼졌다.

이경은 눈을 감았다.

그 애는, 그래, 이런 세계와는 어울리지 않아.

그렇게 라르스를 완전히 체념했다고 생각한 그 밤.

집에서 야간작업을 하는데 스크린 하단의 대화창에 메시지가 나타났다.

이경도 가끔 게임을 하며 실시간 대화도 하지만, 그건 일반에게 공개된 아이디로 하는 거다. 이 개인 아이디는 아무나 알 수가 없다. 클릭하는 이경의 손이 떨렸다.

라르스였다.

라르스가 일대일 대화 신청을 하고 있었다.

이경의 심장이 빠르게 뛰기 시작했다. 피가 뜨거워졌다가 차갑게 식었다가 다시 뜨거워졌다.

이경은 떨리는 손가락으로 수락 버튼을 눌렀다. 잠깐이지만 실수로 거절을 누르면 어떡하지, 하는 두려움이 와락 들었다.

……이경, 맞아?

의심의 여지 없이, 라르스의 목소리였다. 낮고 단단한 목소리.

이경은 너무 떨려서 목이 꽉 막혔다. 대답이 없자 라르스의 목소리가 더 조심스러워졌다.

저, 혹시 제가 사람을 잘못 찾은 거라면.

"내 이름, 기억하고 있었네."

이경은 태연하게 말하려고 애썼다.

맞구나.

라르스가 가볍게 한숨을 쉬었다.

다행이다. 아니면 어쩌나 좀 떨렸어. 이런 거 처음 해 봐서.

"어떻게 알았어, 내 계정이랑 아이디?"

그야…… 명함에 있던데.

내 명함, 버리지 않고 가지고 있었다.

이경은 기쁨으로 마음속에 환하게 불이 켜진 것 같았다.

한편으론 왠지 화가 나기도 했다. 이렇게 할 수 있으면서 지금껏 안 했다고 생각하니.

"그런데…… 왜 이제 연락했어?"

침묵.

이경은 작업대에 머리를 박고 싶었지만 이왕 꺼낸 말이었다. 될 대로 되라지.

말귀를 못 알아들은 건 아닌 듯 라르스의 침묵이 길었다. 한참만에 라르스가 말했다.

대답하지 않겠어.

이경은 심장이 툭, 떨어지는 기분이 들었지만, 마음을 가라앉히려고 노력했다. 대화를 이어 가야 했다. 모처럼 찾아온 사슴이 다시 달아나 버리지 않도록.

이경은 어쩐 일로 연락했냐고 물었고, 라르스는 의논할 일이 생겼다고 대답했다.

❄ 라르스

"반장! 반장!"

신입이 무언가를 안고 시속 30킬로미터로 달려왔다. 그러니까 착용형 강화 로봇의 최고 속도로 말이다.

"무슨 일이야?"

신입과 떨어져 일하고 있던 라르스는 사고라도 난 줄 알고 깜짝 놀랐다.

"헉헉! 반장, 이것 좀 봐요."

신입의 오목한 두 손에 담긴 건 살아 있는 동물이었다. 아주 작긴 했지만 기지 근처에 서식하는 초식 동물종의 새끼가 틀림없었다. 봄이면 굴 근처에서 귀 끝이 뾰족하고 날렵하게 생긴 어미와 놀고 있는 새끼를 여러 번 본 적이 있었으니까.

흰 솜뭉치 같은 새끼는 추운 듯 바들바들 떨고 있었다.

"아니, 어미는 어쩌고 여길 데려온 거야?"

"일단 셸터로 들어가요."

라르스는 황당했지만 우선 셸터로 데리고 들어갔다. 아직 눈도 못 뜬 새끼라 체온 유지가 안 되면 죽을 것이다.

방석에 올리고 옷으로 감싸 따뜻하게 해 주었다. 마일로가 머리를 긁적였다.

"굴 밖으로 기어 나와 있었어요. 어미는 안 보이고. 아무리 기다려도 나타나지 않더라고요. 저 때문에 그러나 싶어 숨어서 지켜봤거든요."

라르스의 표정을 보고 마일로가 변명했다.

"그냥 놔둘 수가 없었다고요."

라르스는 새끼를 내려다보았다.

"어미에게 버림받은 것 같군."

마일로가 눈을 동그랗게 떴다.

"그, 그럴 수도 있어요?"

"초산이라 경험이 부족하거나 겨울이 길어져서 어미가 버티지 못하면. 전에도 혼자 죽어 있는 새낄 본 적 있어."

올해는 봄이 늦은 편이었다.

"그럼 어쩌죠?"

"우린 자연에서 일어나는 일에 관여하지 않아."

마일로가 울상을 지었다.

"설마…… 얘를 버리고 오라는 건 아니죠?"

"여긴 어차피 데리고 있을 곳도 없어."

라르스가 냉정하게 대꾸했다.

"그럼 애는 죽을 텐데요."

"자연에서 어미에게 버림받은 새끼는 죽어."

"하지만 애 좀 보세요. 이렇게 귀여운 녀석을 어떻게 죽게 내버려 뒤요? 이미 우리 품에 들어왔으니 우리에게도 책임이 생긴 거예요."

"우리?"

라르스는 어이없어하는 얼굴로 마일로를 보았다.

"네가 데려온 거고, 네가 책임지고 처리해."

"저는 못 해요. 반장이 하든지요."

마일로가 뻗댔다.

"알았어."

라르스가 성큼 다가서자 마일로는 기겁하며 새끼 앞을 막아섰다.

"이 냉혈한! 어미한테도 버림받았는데 불쌍하지도 않아요?"

새끼 동물이란 걸 처음 품에 안아 본 신입은 완강히 저항했다.

"저도 아픈 어머니를 두고 왔다고요."

마일로는 금방이라도 울 것 같은 표정이었다. 라르스는 한숨을 쉬고 마일로를 내려다보았다.

"그래서 너, 책임질 능력 있어?"

마일로는 고개를 푹 떨구었다.

"없죠. 숙소에 동물을 데리고 들어갔다간 제가 먼저 쫓겨날걸요."

"그럼 답 나왔네."

"반장은 데려갈 수 있잖아요. 집도 넓고……."

"뭐?"

마일로가 애원하는 표정으로 라르스를 바라보았다. 이때쯤 신입은 라르스가 겉보기보다 무르다는 걸 파악하고 있었다.

"반장, 제발요. 애들은 금방 크잖아요. 자립할 때까지만 돌봐 주자고요. 제가 많이 도울게요. 네?"

라르스는 기가 차서 마일로를 물끄러미 보았다.

"지금, 나더러…… 애를 맡으라는 거야?"

"금방 자랍니다. 금방 자라요."

"키워 본 것처럼 말하지 마라."

라르스는 잠든 솜뭉치를 내려다보았다. 언제 벌벌 떨었냐는 듯 동그랗게 몸을 말고 새근새근 잘도 잤다.

자연에서 어미를 잃은 새끼는 죽는다. 그게 냉혹한 자연의 법칙이다. 라르스도 일찍 어머니를 잃었지만 죽지 않은 건 사회의 보호 아래 있었기 때문이다. 셸터의 따뜻한 온기와 옷에 감싸인 새끼 동물은 편안해 보였다. 운 좋게 안전한 세계 속으로 들어온 걸 알기라도 하는 것처럼.

라르스는 한숨을 쉬었다.

"날이 풀릴 때까지만이다. 날 풀리자마자 즉각 내보낼 테니 그렇게 알아."

"감사합니다! 반장님 최곱니다!"

마일로는 펄쩍 뛰어오르며 라르스를 얼싸안을 기세였다. 라르스는 슬쩍 몸을 피하며 중얼거렸다.

"시끄러우니까 소리치지 마. 귀 아파."

마일로가 오고 난 뒤로 뭔가 일상이 점점 번잡해지는 라르스였다.

🌿 이경

그렇게 돼서…… 새끼를 내 집에 데려왔어.

라르스가 쑥스럽게 말했다.

방석이랑 작은 담요로 체온 유지는 해 줬는데, 배가 고픈지 자꾸 빽빽 우는군. 뭘 먹여야 할지, 어떻게 먹여야 할지 전혀 모르겠어.

새끼 동물과 씨름하는 라르스라니, 상상만 해도 귀여웠다.

"그래서 나한테 연락한 거야?"

음. 이경은 아마존에서 일하니까…… 도와줄 수 있을 거 같아서.

한 가지는 분명히 알 수 있었다. 한 번 만나고 한 달이나 연락이 없었지만 라르스도 이경을 잊지 않았다는 사실이다. 이경은 새끼 동물을 데려와 라르스에게 떠넘긴 신입 대원에게 속으로 감사 인사를 했다.

"당연하지. 잠깐만."

이경은 재빨리 아마존의 홈페이지에 접속해 새끼 동물의 육아에 대한 정보를 검색했다. 이경이 아마존에서 주로 하는 일은 **연결**이지 구조된 동물 관리는 아니다. 그래도 의료지원팀 아리와 친했기에 자주 보호소에 들러 아리를 도와 어깨너머로 본 건 많았다.

"일단, 음, 젖병 있어?"

그런 게 있을 리가…….

라르스의 난감한 목소리.

"설마 갓난 새끼에게 토스트를 먹일 생각은 아니었겠지?"

아니, 그…….

아무 생각이 없었으니 새끼 동물만 덜렁 안고 집으로 왔겠지. 이경은 쯧 혀를 찼다. 라르스가 얼른 대꾸했다.

센터에 가면 팔 거야. 아기용 젖병이면 되는 거지? 당장 가 볼게.

"잠깐만. 아직 눈도 못 뜬 새끼랬지? 그럼 아직 젖병을 빨지 못할 거야. 일단 젖병은 사고, 주사기도 하나 준비해. 음, 그리고……."

이경은 빠르게 게시판 자료를 읽었다.

"유당 제거 분유가 필요해. 갓난 새끼한테 먹이는 모유 성분에 가깝대. 아, 아니다."

이경은 곰곰 생각했다.

"아마존 열대 동물과 추운 지상의 동물은 초유의 성분도 다르겠지? 잠깐만 기다려."

이경은 구세계의 정보를 불러왔다.

"맞아. 구세계 자료를 보면, 추운 지방 동물은 날 때부터 아주 기름진 젖을 먹는대. 그래야 추위에 버틸 수 있으니까. 극지방 동물들은 지방층이 두껍고 초유도 지방 성분이 풍부했대."

정말 그렇겠군.

라르스가 감탄했다.

너한테 연락하길 정말 잘했어.

"라르스."

이경이 목소리를 깔았다.

"그럼, 이 일이 아니었으면 나한테 연락 안 했을 거야?"

라르스의 목소리에 웃음기가 묻어났다.

너…… 보기보다 뒤끝이 있구나.

"대답해."

잠시 침묵이 흐르더니 라르스의 낮은 목소리가 들렸다.

모르겠어.

"통화, 끊어 버리는 수가 있어."

안 돼. 미안해.

이경은 그만 웃고 말았다. 더 괴롭혀 주고 싶었지만 귀여우니

참기로 했다.

"어쨌든…… 목소리 들으니까 좋다."

내친김에 더 용감하게 말해 보았다. 또 잠깐의 침묵이 흐르고 들려오는 라르스의 목소리.

……나도.

이경은 살짝 한숨을 쉬었다. 라르스가 그쪽 세계에선 유능하고 뛰어난 개척 대원이겠지만, 이경과의 관계에 있어선 적극적인 것과는 거리가 멀다는 건 알 만했다. 그렇지만 어쨌든 연결 고리를 먼저 만든 건 라르스다.

세상일은 하루하루 뻔한 것 같다가도 예측 불가능한 일이 일어난다. 오늘 저녁만 해도 라르스를 향한 마음을 접으려고 했지 않은가. 그런데 라르스가 지상에서, 그러니까 자기 세상에서 일어난 일로 지하 세계의 이경에게 도움을 요청할 일이 생길 줄이야.

명함을 주길 정말 잘했다. 하루하루 피 말리는 기분으로 고통받았던 건 까맣게 잊고 이경은 자신을 칭찬했다. 날아온 파랑새를 최선을 다해 붙들 차례다. 하지만 잘할 수 있을까.

이경은 손톱으로 작업대를 톡톡 두드리며 생각에 잠겼다.

"내가 우리 의료지원팀에 물어서 성분을 조정한 분유를 구해 볼게. 기지와 시타델을 오가는 화물 운송기 운항 간격이 얼마나 되지? ……우선은 지방 성분이 풍부한 우유를 구해서 주사기로 먹여. 따뜻하게 데워서. 배탈이 나지 않는지, 기운 없어 보이지 않는지 잘 살피고."

기지에선 채굴한 자원을, 시타델에선 보급품을 운송기나 차량으로 서로 보냈다.

만약 그런 일이 생기면?

"그건 그때 가서 얘기해. 지금 말해 주면 더 정신없을걸?"

그건 그래. 정말 고마워. 한시름 덜었어.

"처음엔 자주 먹여야 할 거야. 울 때마다 줘. 먹고 자고, 먹고 자고, 그런 시기거든."

정신이 하나도 없네. 내가 잘할 수 있을까.

"힘내."

이경은 웃으면서 주먹을 흔들었다.

"참, 먹고 나면 트림시켜 주는 거 잊지 마. 방법은 보내 줄게."

트, 트림이라고……?

긴 한숨 소리와 함께 라르스가 낮게 으르렁거렸다.

내일 신입 녀석을 때려 줘야겠어.

❄ 라르스

왜, 그리고 어떻게, 그동안 참았는지 라르스 스스로도 의아할 만큼, 이경은 순식간에 라르스의 일상에 자리 잡았다.

처음 연락할 때도, 명함에 구멍이라도 뚫을 듯 바라보면서 얼마나 망설이고 망설였던가. 연결되었을 땐 또 얼마나 긴장했던가. 이경의 목소리가 스피커를 통해 들려왔을 땐 심장이 쿵 떨어지는 줄 알았다.

신기했다. 처음 만났을 때 그랬던 것처럼, 두 번째로 대화를 나눌 때도 어느새 농담을 주고받으며 친근하게 얘기를 나누고 있었다. 바로 어제도 그랬던 것처럼. 오래 알아 온 사이처럼. 마음을 억눌렀던 자신을 비웃기라도 하듯이.

그렇게 조금의 위화감도 없이 라르스의 삶에 스며들었다. 이경이란 사람은.

이경은 새끼 동물의 이름을 흰둥이로 짓겠다는 라르스의 말에 어이없어했다.

"난 원래 식물 이름도 그렇게 지어."

라르스는 당당했다.

아, 그래. 길면 길쭉이, 둥글면 둥글이로 짓는단 말이지. 잘 알겠어.

이경이 비웃어 주었다.

그런데 여름 오면 털갈이해서 털색이 밝은 갈색으로 바뀐다며. 그땐 어쩔 건데.

"그땐 야생으로 돌아갔을 테니 상관없지."

안 돼.

이경이 딱 잘라 말했다.

듣는 애 입장도 생각해 줘야지. 예쁜 이름으로 불러 줘.

"그런가."

이경은 흰색에 해당하는 구세계의 다양한 어휘들을 검색했다.

그래. 세토가 좋겠다. 부르기 좋고 예쁘네.

그렇게 라르스가 떠맡게 된 동물의 이름이 정해졌다. 자기 일 외엔 무심한 편인 라르스와, 작고 소소한 것에도 감성을 부여하는 이경은 의외로 쿵짝이 잘 맞았다.

세토는 잘 먹고 잘 싸고 무럭무럭 자랐다. 라르스가 센터에서 산 첫 우유도, 이경이 보낸 우유도 아주 잘 먹었다. 크게 손 가는 것도 없었다. 야생의 생명력이란 그런 것인지.

처음으로 난방도 작동시켰다. 산티넬은 이 낯선 변수를 즐거운 과제로 여기는 것 같았다. 물론 인공지능에겐 감정이 없지만 그래 보였다는 말이다. 산티넬이니까.

첫날 밤, 라르스는 피곤했지만 제 나름대로 잘 해냈다는 생각에 만족했다.

한데 불을 끄자 세토가 빽빽 울어 대기 시작했다. 배가 고파서는 분명 아니었다. 실컷 먹어 배가 뽈록했으니까.

라르스. 먹이 주기 간격을 알맞게 설정했습니다. 굴속은 어두웠을 테니 심리적 안정을 주도록 조도도 낮추었고요. 또 뭐가 필요할까요? 새끼 짐승에게 적절한 자장가에 대해선 잘 모릅니다. 저 종의 울음소리는 저에게 데이터가 없군요. 야생의 환경에 있다고 느끼도록 바람 소리 같은 걸 들려줘 볼까요?

"오버하지 마, 산티넬."

알겠습니다.

"뭐냐, 너."

라르스는 밤톨만 한 녀석을 한 손으로 집어 들고 위협했다.

"난 자야 돼. 내일 일에 지장 있다고. 계속 울어 대면 쫓아내 버린다?"

녀석은 라르스의 손안에서 몸을 옹크리고 언제 울었냐는 듯 잠잠했다. 라르스는 혀를 차고 쿠션에 내려놓은 뒤 조각 담요를 잘 여며 주고 침대로 돌아왔다.

불을 끄니 세토는 다시 빽빽 울기 시작했다. 라르스는 짜증을 내며 벌떡 몸을 일으켰다. 어둠 속에서 즐거운 듯한 산티넬의 목소리가 들려왔다.

라르스. 그 새끼 짐승은 어미의 체온이 그리운 것 같군요.

"뭐라고?"

라르스는 어이가 없었다.

"그럼 어쩌라고. 어미가 없는데."

침대로 데려오시는 걸 추천합니다.

"뭐? 그게 인공지능이 할 소리야?"

저는 항상 합리적인 조언을 합니다.

"말도 안 돼. 없는 건 없는 거야. 살아남은 걸 다행으로 여겨야지. 곧 익숙해질 거야."

자기 처지를 받아들여야지. 나도 그랬다고. 라르스는 무시하기로 하고 잠을 청했다. 하지만 세토도 보통내기가 아니었다. 한 시간을 쉬지 않고 울어 댔고 결국 라르스가 항복했다.

돌려보낼 생각이면 손을 타면 안 된다고 이경이 주의를 주었지만 별수 없었다. 잠은 자야 했으니까. 세토를 쿠션째로 달랑 들어 침대로 데려왔다. 옆에 두고 불을 껐다.

"이 콩알만 한 녀석아, 설마 품에 안고 재워 주길 바라는 건 아니겠지?"

라르스는 큰 손으로 녀석의 등을 몇 번 쓰다듬어 줬다. 그 정도로 타협을 보겠다는 듯 세토는 잠잠해졌다.

"영악한 놈. 누가 누굴 길들이는지 모르겠군."

라르스는 투덜거리며 눈을 감았다. 이내 세토의 쌕쌕거리는 고른 숨소리가 들렸다. 저도 빽빽 우느라 피곤했던 모양이다. 라르스는 실소를 흘리며 잠을 청했다.

이경에겐 말하지 말아야지. 새로운 환경에도 금세 적응했으니 원래의 야생으로 돌아가서도 잘 적응하겠지, 뭐.

다음 날, 새로운 문제가 발생했다.

세토는 일찍 일어났다. 그건 라르스도 마찬가지였으니 상관없었다. 다만 너무 자주 먹는다는 게 문제였다. 젖먹이 때는 먹성에 비해 뱃구레가 너무 작은 것이다.

라르스는 반라의 몸으로 세토를 끌어안고 주사기로 우유를 먹이며 고민에 빠졌다.

"먹는 간격을 보니 집에 혼자 두고 가면 안 될 거 같은데……."

난방 조절이라든지 활력 체크야 산티넬이 할 수 있지만, 주사기로 우유를 먹이진 못한다.

"젠장. 산 넘어 산이군."

세토를 본 동료들이 어떤 표정을 지을지 생각하면 머리에서 피가 삭 가시는 기분이었지만 달리 방법이 없었다. 라르스는 옷을 갈아입고 세토를 꽁꽁 싼 다음, 채집용 바구니에 넣었다.

카페에서도, 출근 차 안에서도 이 눈치 없는 녀석은 또 왜 그렇게 빽빽 울어 대는지. 불만에 가득 찬 울음소리였다. 왜 안 안아 주냐는 항변이겠지만 어림없는 소리였다.

라르스는 가는 내내 호기심 가득한 사람들의 눈길을 견뎌야 했다. 그리고 다음 날부터 개인 차로 출퇴근했다.

본부에선 예상보다 반응이 괜찮았다. 부일코를 비롯해서 울음소리를 들은 직원들이 삼삼오오 다가와 세토를 들여다보고 갔다. 카네 대장은 들어와서 바구니를 흘깃 보곤 끝이었다. 마일로는 어쩔 줄 몰라 하며 팔을 비비 꼬았다.

"이게…… 뭔가?"

부일코가 물었다.

"신입한테 물어보시죠."

라르스가 무뚝뚝하게 대꾸했다. 마일로는 부일코에게 미주알
고주알 사연을 털어놓았다. 카네 대장에게도 충분히 들렸을 테니
보고는 따로 하지 않았다.

아무튼 나쁘지 않았다. 기지 건설 이후 처음 있는 일에 동료들
은 그 나름대로 잘 적응했다.

신입은 미안해서 어쩔 줄 몰라 하며 젖병을 물리는 법과 트림
시키는 법 따위를 열심히 배워서 자신의 책임을 다했다. 본부에
선 부일코를 비롯해 직원들이 돌아가며 세토를 살펴 줬고, 현장
에선 마일로가 세토 돌보는 걸 도왔다.

이 이상한 공동육아는 알렙 기지 사람들의 입에 오르내렸다.

🌿 이경

주웨이와 아리에겐 두 사람의 현 상황을 말해 주었다. 주웨이는
떠들썩하게 응원했고 아리는 축하해 주면서도 걱정스러워하는
눈치였다. 이경은 지금만을 생각하려고 했다. 달리 어쩔 수 없지
않은가. 이제 와선 하루도 라르스의 목소리를 듣지 않고는 안 되
는걸.

둘은 저녁마다 많은 이야기를 했다. 주로 각자 일상에서 일어난

일들이 주제였는데 아무래도 세토 얘기가 가장 많았다.

큰일 났어.

라르스는 세토에 관해서라면 약간 팔불출이 되는 경향이 있었다.

"무슨 일인데?"

세토 때문에 난리도 아니야. 이렇게 호기심이 왕성하고 활달한 동물인지 몰랐어.

세토는 험난한 설산을 자유롭게 오르내리며 단단하게 언 눈을 파서 풀을 뜯어 먹는 종이다. 그래선지 거의 영장류처럼 발가락이 쫙 벌어지는 유연한 발과 단단하고 날카로운 발톱을 가지고 있었다. 무럭무럭 자란 세토는 빨빨거리며 움직이기 시작하면서 말 그대로 현장의 재앙이 되었다.

힘들게 만든 설계 도안, 부일코가 밤을 새워 제작한 사출 성형기의 미니어처 시제품, 직원들의 각종 보고서까지 닥치는 대로 긁고 할퀴고 찢어 놓았다. 동료들이 세토를 쫓아 버리기라도 할까 봐 라르스는 전전긍긍했다. 이때쯤 라르스는 세토를 제가 낳은 듯 굴었다. 본인만 그 사실을 모를 뿐.

세토 때문에 고민하는 라르스는 사랑스러웠다. 이경은 이번에도 적절한 조언을 생각해 냈다.

"라르스. 아마존에선 새끼 동물을 치료할 때 포육장에서 돌봐. 새끼라도 야생 동물은 사나우니까."

포육장? 그게 뭔데?

이경은 라르스에게 아마존에서 사용하는 포육장의 설계도와 입체 영상을 전송했다.

"거기서 만들 수 있겠지?"

그럼. 부일코가 만들어 줄 거야.

라르스는 안도의 한숨을 쉬었다.

"포육장 안을 좀 꾸미면 좋을 거야. 세토가 좋아하는 걸로."

세토가 뭘 좋아하더라.

잠시 이야기를 나누다가 라르스가 불쑥 말했다.

네 방 좀 보여 줘.

뜻밖의 말에 이경은 저도 모르게 방을 둘러보았다.

좋아하는 걸로 꾸몄을 거잖아, 너라면.

"내가 뭘 좋아하는지 궁금해?"

이경이 작게 웃으며 물었다.

응.

그 간명한 대답에 이경은 가슴이 뭉클했다.

"맞아. 내 방엔 내가 좋아하는 것만 있어. 넌 정말 모를 거야. 태어나 한 번도 나만의 공간을 갖지 못했고 그저 머리를 누일 수만 있다면 족한 곳에서 자란 아이가 자기만의 방을 갖게 된다는 게 어떤 건지. 이 방을 얻게 되었을 때 난 세상을 다 가진 것만 같았어. 방을 아주 천천히 채워 나갔지. 여기엔 무얼 놓을지, 의자는 어떤 걸로 할지 생각하는 게 행복했거든. 컵 받침 하나까지 온전히 내가 결정할 수 있다는 게 말이야."

라르스는 조용히 듣다가 말했다.

음. 이상한 말이지만 내 방에 있는 것들도 따지고 보면 온전히 나만의 것은 거의 없는걸. 대부분 아버지와 어머니가 남기신 것들이야. 책도 가구도.

이런 이야기를 하다 보니 왜 서로 삶의 풍경을 직접 보여 줄 생각을 못 했는지, 얼굴을 마주하고 얘길 나누지 않았는지 너무도 이상하게 여겨졌다.

서로의 마음속에서 여전히 우리는 아주 멀리 있구나 싶어 이경은 왠지 짠하다는 생각이 들었다.

두 사람은 영상 대화 버튼을 누르고 얼굴을 마주했다.

오랜만에 보는 라르스다. 그동안은 목소리만의 라르스였다면 이제 얼굴을 가진 라르스였다. 이건 또 다른 설렘으로 다가왔다. 이경은 환하게 웃었다. 라르스가 홀린 듯 보다가 작게 말했다.

너 정말 예쁘다.

너도. 이경은 두근거리는 마음으로 속엣말을 했다.

이경이 먼저 자신의 방을 보여 주었다. 가구와 소품 등을 하나하나 보여 주고 그에 얽힌 이야기들을 들려주었다. 라르스는 귀를 기울이고 재밌어하고 감탄했다.

이번엔 라르스가 자기 방을 보여 주었다. 이경은 라르스의 방은 자기 방과 비교하면 마치 거인 나라의 왕자님이 사는 방 같다고 말하며 웃었다.

이경은 책장 가득 꽂힌 책을 신기해했다. 시타델에선 저렇게 물리적으로 많은 자리를 차지하는 지식 저장 도구는 박물관에서나 볼 수 있었기 때문이었다.

우리 아버지의 보물이야. 다른 기지로 떠나시면서 내게 남기고 가셨어.

그렇게 서로의 방을 보여 주는 의식이 소꿉장난처럼 진행되고 있는데 라르스의 방 한쪽에서 부산스러운 소리가 들려왔다.

"이게 무슨 소리야?"

세토가 청소 로봇과 싸우는 소리야.

라르스가 손뼉을 치자 다다닥 달려오는 발소리가 나더니 하얀 뭉치 하나가 라르스에게 훌쩍 뛰어올라 안겼다.

"세토."

이경이 환하게 웃었다.

"드디어 만났네."

세토는 라르스의 품에 안겨 스크린 속의 이경을 뚫어지게 바라보았다. 날렵하고 영리하게 생긴 동물이었다.

"그런데 청소 로봇과 왜 싸워?"

이경이 세토를 향해 손을 흔들며 물었다.

갓 눈을 뜨고 꼬물거릴 때 청소 로봇 때문에 혼비백산해서는 숨어서 몇 시간이나 안 나왔거든. 그게 분했는지 지금은 따라다니며 싸움을 걸고 있어. 세토의 주적인 셈이지.

라르스가 세토의 앞발을 들어 말고 있던 발톱을 꺼내 보여 주었다.

보기만 해도 무시무시하지? 무슨 병기야, 병기. 청소 로봇도 상당한 부상을 입은 처지지.

이경은 깔깔대며 말했다.

"너무 귀엽다. 많이 놀아 줘야겠네."

제가 보기엔 새끼 동물이 라르스와 놀아 주고 있죠. 둘 다 한창 원기 왕성할 나이니까요. 놀이는 성장기 동물의 사회화에 필수 요소잖아요.

불쑥 들려온 낯선 목소리에 이경은 깜짝 놀랐다.

닥쳐, 산티넬.

라르스가 으르렁거렸다.

안녕하세요. 저는 라르스의 인공지능 비서, 산티넬입니다. 말씀 많이 들었습니다.

내가 언제 너한테 이경 이야길 했어?

라르스가 다급하게 입막음하듯 말했다.

두 분이 나누는 대화를 들었다는 의미였습니다.

라르스가 고개를 내저었다.

보다시피 내 인공지능은 능구렁이야. 어쩌다 저 모양이 됐는지 모르겠어.

아시다시피 인공지능은 사용자와의 대화 학습을 통해 사용자에게 최적화된 캐릭터로 완성됩니다. 제가 이 모양이 된 건 다 라르스 덕분이죠.

한마디도 안 진다니까.

이경은 킥킥댔다. 라르스가 저렇게 밀리는 모습은 처음 보았다. 그러다 문득 이경은 쓸쓸해졌다.

왜 영상 대화를 무의식적으로 외면해 왔는지 알 것 같았다. 새로운 욕망이 생기기 때문이었다.

나도 거기 있고 싶어. 재미있는 네 인공지능과 셋이서 수다 떨고 싶어. 세토가 부러워. 나도 너와 장난치며 놀고 싶어. 그러다 네 품에 안겨 쉬고 싶어.

네 옆에 함께 있고 싶어.

입 밖으로 뱉지 못한 말이 그대로 가슴에 얹혔다.

❄ 라르스

동면 실험은 라르스의 통과 의례였다.

열 살 때였다. 어머니가 죽은 지 오 년, 알리샌이 작동 정지된 지 이 년째였다. 그 이후 라르스가 동면을 실제로 쓸 일은 없었다. 다행히.

강화는 2세대의 출생 단계부터 적용되었기에 축적된 데이터가 없었다. 라르스가 실험을 받을 때는 충분한 검증이 이루어진 시기는 아니었다. 부모들은 두려웠을 것이다. 아무도 내색하지 않았지만.

개척 대원들이 지상으로 처음 올라왔을 때도 그들은 아무런 축적된 지식이 없이, 그저 용감히 낯선 세계에 맞섰었다. 하루, 한 계절, 한 해, 시간이 흐를수록 성과만큼 실패와 좌절의 경험도 쌓여 갔다. 고난을 감수하지 않고선 지상의 삶은 불가능했다. 갓 올라왔을 때만 해도 젊었던 그들은 그렇게 나이 들어 가며 겨우 세계의 일부로 녹아들었다.

존재는 찰나일 뿐, 변화가 세계의 본질이라고 그들은 생각했다. 해가 떠오르고 해가 진다. 해와 함께 몸을 일으키고 해가 지면 몸을 눕힌다. 그런 하루하루가 쌓이고 세상의 모습이 조금씩 바뀐다. 시간이 흐르고 이루거나 이루지 못한 걸 남긴 채 사라질 것이다. 그래도 굳센 마음의 흔적은 남는다. 이것이 개척의 정신이었다.

"아버지, 무서워요."

실험대에 누워 라르스가 말했다. 실험을 담당한 의사들과 함께 서 있던 아버지가 라르스의 손을 꽉 쥐었다. 아버지의 손은 차가웠다.

"무서울 것 없다, 라르스. 잠시 잠들었다가 깨어나는 거란다."

"못 깨어나면요?"

라르스가 아버지를 맑은 눈으로 올려다보았다.

"그러면 엄마가 있는 곳으로 갈까요?"

조숙한 아이는 아이다운 표정으로 잔인한 질문을 던졌다. 라르스는 아버지가 입술을 떨며 아무 말도 못 하는 걸 보고 만족감을 느꼈다.

담당 의사가 라르스를 다독였다.

"걱정 마라, 애야. 오래 걸리지 않아. 네 육체보다 정신이 조금 먼저 깨어날 거다. 꿈을 꿀 수도 있다. 아주 생생해서 진짜 같을 거야. 보통 자기가 원하는 일이 꿈에서 이루어진다고 하더구나. 캡슐 온도가 정상화되면 서서히 네 육체도 원래대로 돌아올 거야. 의식을 똑바로 하려고 노력해라. 우린 네 신체 변화를 정밀하게 측정할 거다. 너도 깨어나서 우리에게 자세히 얘기해 주렴."

라르스는 사실 조금도 걱정하지 않았다. 두렵다는 말도 거짓이었다.

온도 조절 장치가 작동되고 동면에 돌입했다. 의사의 말대로 라르스는 꿈을 꾸었다. 행복한 꿈이었다. 어머니가 가장 건강하고 아름다웠던 때의 모습으로 라르스와 함께 있었다. 라르스는 엄마가 사실은 어딘가 멀리 다른 기지에 가 있었고, 이제 돌아온 거라고 생각했다. 엄마의 향기, 엄마의 체온, 다정한 목소리와 손길, 모든 게 너무나 생생했다.

그래서 라르스는 하지 말았어야 할 말을 했다.

엄마, 알리샌은 어디 있어요?

라르스의 물음에 엄마가 미소 지으며 대답했다.

알리샌은 아빠와 있단다. 곧 돌아올 거다.

그 순간 라르스는 이게 꿈이란 걸 깨달았다.

라르스는 눈에 눈물이 고였지만, 환하게 웃었다. 엄마에게 꿈이란 걸 들키고 싶지 않았다.

동면에서 완전히 깨어나 눈을 뜨자 아버지가 보였다. 눈이 마주친 아버지가 안도의 한숨을 쉬었다. 그때 아버지는 어딘가 부서지고 고장 난 존재처럼 보였다. 오래전부터 조금씩 그래 왔던 것같았다.

"라르스, 잘했다. 집으로 돌아가자."

라르스는 눈물을 삼키고, 꿈 이야기를 꺼내지 않았다.

그날 아버지는 라르스를 자신의 서재에 데리고 들어갔다. 서재를 가득 채운 책들은 아버지의 보물이었다.

"라르스, 이 책은 이제 네 것이다."

아버지가 말했다.

"책이란 이상한 존재란다. 영원을 담고 있으면서도 연약하단다. 소중히 여겨 다오."

라르스는 영원하고 단단하면서도 연약한 존재에 대해 이해하고 있었다. 그래서 라르스는 책이 마음에 들었다.

아버지는 다른 기지로 떠날 때 책을 남겨 두고 갔다. 책과 아들을. 두 남자는 담담한 표정으로 마지막 대화를 나누고 기약 없는 이별을 했다.

그때 아버지는 한편으로 가벼워졌을 거라고 라르스는 생각한다.

"울타리 너무 높게 치는 거 아닙니까? 세토가 아니라 기린도 못 빠져나가겠어요."

"기린은 또 어떻게 알았어?"

"세토 때문에 관심 생겨서 요즘 구세계 생물 도감 보고 있어요. 재밌더라고요. 그런 애들이 세상에 우글거렸다니 거짓말 같긴 한데요."

라르스는 피식 웃었다.

"기린은 목이 긴 거지, 뛰어오르진 못할걸."

"하긴, 우리 세토 점프력 엄청나긴 하죠."

두 사람은 이경의 조언대로 세토의 방사장을 짓고 있었다.

땅도 파 봐야 하고, 좋아하는 풀을 스스로 먹어 봐야 하고…… 생존에 필요한 행동 양식을 습득해야지. 어미가 있었으면 벌써 데리고 나갔을걸? 방사장이 필요해.

이경의 말에 라르스는 곤란한 표정을 지었다.

"밖에 데리고 나가라고? 달아나 버리면 어떡해."

이경이 가만히 있다가, 작게 말했다.

달아날까 봐 걱정돼?

"아, 아니. 아직 어리니깐……."

라르스는 변명했다.

바보, 울타리를 쳐야지. 땅은 얼마든지 있을 거 아냐. 넓게 쳐.

라르스는 이경의 말대로 세토를 위해 방사장을 지었다. 풀이 많이 자라는 널찍한 땅을 엄선했다. 작업 현장에서 멀지도 않았다. 당연히 울타리는 튼튼하게 쳤다. 그러는 동안 라르스의 마음은 내내 무거웠다. 이경에 대해서나 세토에 대해서나 감정적으로 돌이킬 수 없는 지점을 향해 달려가고 있다는 자각 때문이었다.

마일로가 세토를 안고 나타났다.

"어휴, 이 녀석 어찌나 버둥대는지. 힘도 얼마나 세졌는지 놓칠 뻔했다니까요."

세토는 어느덧 성체에 가까운 체형으로 바뀌었다.

"이제 제힘으로 먹고살아야 하는데 제 먹성을 감당할 수 있으려나."

세토를 받아안으며 라르스가 장담했다.

"이 구역의 대장이 되고도 남을걸."

세토의 동족들이 무리를 지어 다니는 걸 본 적은 없었다. 군집 생활을 하지는 않는 것 같았다. 하긴 이곳의 생태를 생각하면 당연한지도 모른다.

라르스는 세토의 목덜미에 뺨을 비비고 조심스럽게 내려놓았다. 방사장엔 아침에 내린 싸락눈이 군데군데 쌓여 있었다.

세토는 발에 닿는 차가운 감촉에 깜짝 놀라 라르스를 올려다보았다. 괜찮은지 묻는 듯했다. 세토의 그런 작은 행동들이 라르스의 마음을 세토에게 묶어 놓았다.

"이 녀석 고장 났는데요."

마일로가 낄낄거렸다.

라르스는 말없이 워커를 벗었다.

"엇, 반장, 뭐 하는 거예요? 아무리 봄이라도 맨발로 돌아다닐 날씨는 아니라고요."

라르스는 워커를 던진 뒤 맨발로 땅을 밟았다. 눈이 뽀득뽀득 소리를 내며 발밑에서 부서진다. 울퉁불퉁한 흙과 거친 풀이 발바닥을 찌른다. 그 광경을 세토가 고개를 갸웃하며 바라보았다.

"이리 와."

라르스가 세토에게 팔을 벌렸다.

망설이던 세토가 드디어 앞발을 들어 올려 한 발짝 내디뎠다. 라르스와 마일로가 격려와 응원의 박수를 쳤다. 세토는 인간들의 반응에 으쓱하며 천천히 한 발, 또 한 발, 앞으로 나아갔다. 인간의 발에 비하면 세토의 발은 털이 삼중이고 발바닥도 두꺼워 눈이 미치는 영향은 사실 미미했다. 그냥 낯설었던 것뿐이다.

잠시 뒤, 인간과 동물은 눈에 마음껏 발자국을 내며 뛰어놀고 있었다.

마일로는 혀를 차며 중얼거렸다.

"저럴 때 보면…… 애는 애라니까."

라르스가 환하게 웃는데 왠지 마일로는 마음이 짠해 왔다.

세토와 라르스, 처음으로 대지에서 어우러진 둘은 종을 초월한 형제처럼 보였다.

🌿 이경

이경과 라르스는 처음으로 말다툼 비슷한 걸 했다.

독립할 때가 되었다는 덴 동의해. 여름이 제일 좋지.

하지만 스크린 속 라르스의 얼굴은 말과는 다른 표정을 짓고 있었다.

"그래. 꽃도 피었지. 이맘때엔 동물도 식물도 바쁘게 번식한다고 네가 그랬잖아."

하지만 기지 가까운 곳에도 세토가 살기 좋은 곳은 많아.

"그렇겠지. 그래도 멀리 떨어진 곳에 데려다 놓고 와야 해."

……왜?

"너를 찾지 못하도록."

이경은 짐짓 냉정하게 똑 부러지는 말투로 말했다.

라르스가 입을 꾹 다물었다. 속눈썹이 파르르 떨리는 것을 이경은 눈도 깜빡이지 않고 바라보았다.

'세토를 못 본다는 생각만으로도 마음이 아프지? 그럼 안 된다고 말해 봐. 세토를 보낼 수 없다고.'

라르스가 눈을 감고 심호흡을 했다. 눈을 떴을 땐 익히 아는 라르스의 표정으로 돌아와 있었다.

네 말이 맞아. 알았어. 채집할 때 봐 둔 곳이 있어. 차로 두 시간 거리고 허허벌판이라 이정표가 될 만한 곳도 없어. 지금은 날씨가 너무 안 좋고 날씨가 괜찮아지면 바로 할게.

무얼 시험하고 싶었던 걸까. 라르스의 담담한 표정에 이경은 마음이 무너져 내리는 걸 느꼈다.

이경은 라르스에게 알렙 기지의 사진이나 영상을 갖고 싶다고 부탁했다. 한참 시간이 지나 잊은 줄 알았는데 라르스가 영상을 보내 왔다.

기지 본부가 햇빛을 받아 온통 금빛으로 반짝이는 모습, 아침 카페들이 불을 밝힌 거리에 주홍색 제설차가 지나가는 모습, 수직 농장의 재배실 선반에서 질서정연하게 초록 식물들이 자라는 사랑스럽고 평화로운 풍경, 지평선을 길게 물들이는 붉은 노을, 풍차들이 거인병처럼 늘어선 황량한 벌판, 흐드러지게 꽃이 핀 들판에 내리는 싸락눈.

영상에 담긴 기지의 삶에선 라르스의 애정이 전해져 왔다.

이경은 디지털 조경은 하지 않는다는 스스로의 원칙을 깨고 디지털 조경업자를 불렀다.

조경업자는 이경이 원한 대로 작업대 맞은편 벽에 알렘 기지의 풍경이 내다보이는 가상의 통창을 설치했다. 통창 앞, 두 개의 의자 위엔 금방이라도 소풍을 갈 것처럼 바구니가 올려져 있었다.

창밖으로 보이는 라르스의 세계는 아름다웠지만, 문을 열고 나갈 수는 없었다.

이경은 이쪽 세계에, 라르스는 그쪽 세계에 있었다.

닿을 수 없는 세계였다.

❄ 라르스

바야흐로 여름이었다. 자연은 들판에 연둣빛 실로 짠 융단을 펼쳐 놓았다. 빨갛고 노랗고 파란 꽃 자수를 놓은. 여름은 신이 베푸는 짧은 관용이었기에 마음껏 예찬해야 했다.

라르스는 차에 세토를 싣고 달려갔다. 동쪽 지평선을 향해 이정표 하나 없는 황야를 두 시간이나.

라르스는 산자락에 기댄 아늑한 벌판에 이르러 차를 세웠다. 산기슭은 흙이 물러서 세토가 굴을 파기에 좋아 보였다. 물이 맑은 실개천도 흘렀다. 세토를 위해 이보다 더 나은 환경은 없을 것이다.

라르스는 차를 세우고 세토를 밖에 내놓았다.

"세토, 여기가 이제 네 보금자리다."

세토는 라르스를 한번 올려다보더니 안심한 듯 탐색 활동을 시작했다. 이미 방사장에서 땅과 친숙해진 터라 거침이 없었다. 보는 이가 정신없을 정도로 사방을 뛰어다녔다. 이렇게 울타리도 없이 탁 트인 곳에 놓인 건 처음이었으니 그럴 만도 했다.

라르스는 주위를 천천히 거닐며 꼼꼼히 둘러보았다. 여기엔 세토의 천적이 없다는 걸 알지만 혹시나 해서였다.

세토는 산기슭에서 누군가 파 놓은 빈 굴을 발견했다. 라르스가 살펴보니 이미 빈 지 한참 된 굴이었다. 세토는 천진하게 코를 들이대며 굴속을 살피더니 안으로 들어갔다. 그러곤 한참이 지나도록 나오지 않았다. 세토의 첫 보금자리인 셈이었다. 라르스는 미소 지었다. 아이의 첫 입학식을 맞은 부모의 기분이 이럴까.

날씨가 좋았다. 이별하기 좋은 날이라고 생각했다. 라르스는 마른 땅 위에 벌렁 드러누웠다. 감은 눈 위로 햇살이 쏟아졌다. 사방이 생명의 온기와 향기로 가득했다.

팔베개를 한 채 눈을 살며시 뜨니 돌 틈에 소담스럽게 핀 자줏빛 꽃 무리가 보였다. 기지 근처에 피어나는 대부분의 꽃들처럼 작고 예쁜 꽃이 무리를 이루는 꽃이었다. 라르스는 이경을 닮은 꽃이라 생각하며 손을 뻗어 한 송이를 꺾었다. 라르스는 채집 봉투를 꺼내 꽃을 넣은 뒤 밀봉했다. 그러곤 눈을 감고 까무룩 잠이 들었다. 요 며칠 잠을 설친 탓이었다.

눈을 뜨니 태양이 서쪽으로 기울어진 게 보였다. 문득 라르스는 잊었던 그날이 떠올랐다. 야외에서 처음 잠을 잤던 날. 소중한 것을 잃게 만든 날.

그땐 혼자 두고 가지 못했지만, 오늘은 아니다. 이젠 어른이니까.

라르스는 세토를 불렀다. 곧 세토의 대답이 들려왔다. 올려다보니 산 중턱이다.

세토는 예상했던 것보다도 훨씬 더 야생의 존재였다. 안심되고 기특한 마음과 더불어 표현하기 어려운 감정이 밀려왔다.

"돌아가자."

라르스는 자기 자신에게 말하며 일어났다. 툭툭 몸을 털고 산을 올려다보았다. 하지만 이번엔 부르지 않았다. 세토와 어떤 식으로 이별할지 내내 생각했었다. 사실 이별하는 순간이 잘 그려지지 않았다. 그런데 이런 식으로 떠나는 것도 괜찮겠다는 생각이 들었다.

세토는 생각보다도 훨씬 잘 적응할 것 같았다. 그래, 그저 인간의 걱정이었다. 세토는 야생 동물이다. 인간과 몇 달 같이 지낸 걸로 야생의 유전자가 영향을 받지는 않을 것이다. 그렇게 생각하니 마음이 좀 편했다.

"나도 이별은 익숙하니까."

라르스는 큰 소리로 주문을 걸듯 자신에게 말했다.

차에 시동을 걸고 출발하는 동안에도 세토가 달려 내려오는 일은 없었다. 차를 천천히 돌려 나오며 룸 미러를 보았지만, 세토가 울며 뒤쫓아 오지도 않았다.

다행이었다.

기지가 있는 방향으로 달렸다. 올 때보단 훨씬 느린 속도로. 가는 동안 서쪽 지평선이 서서히 석양으로 물들었다. 세계의 끝에 난 깊은 상처 같았다. 붉게 번져 가는 핏물 같은 노을을 향해 라르스는 홀로, 오래 달려갔다.

"괘씸한 녀석."

라르스는 중얼거렸다.

"어떻게 뒤도 안 돌아봐? 배은망덕한 녀석. 잘 먹고 잘 살아라."

기지에 들어서는 라르스를 보는 마일로의 눈이 시뻘겠다.

라르스는 카네 대장에게 퇴근 보고를 했다. 카네는 흘깃 라르스의 표정을 살피더니 고개를 끄덕였다. 부일코도 작업을 멈추고 라르스를 물끄러미 보았다.

"안 울었나요?"

마일로가 잠긴 목소리로 물었다.

"쳐다도 안 보던데."

"아니, 반장이요."

"안 울었어. 너나 울지 마라, 마일로."

"전 이미 울었다고요."

마일로가 볼멘소리로 중얼거렸다.

"방사장이나 치우러 가자."

라르스가 말했다. 마일로는 묵묵히 따라 나왔지만 방사장에 도착해서 울타리 뽑는 작업을 하는 내내 통곡했다.

여기저기 땅이 파인 흔적이나 울타리의 발톱 자국마다 세토의 모습이 어른거렸다. 마일로는 흐느껴 울면서 라르스에게 불만을 터뜨렸다. 그렇게까지 멀리 가서 버리고 올 필욘 없지 않냐, 우리도 우리지만 갑자기 혼자가 된 세토가 험한 일이라도 당하면 어떡하냐, 밤이 되어 무서워서 울면 어떡할 거냐, 사람이 왜 그렇게 매정하냐.

라르스는 묵묵히 울타리를 뽑고 땅을 메웠다. 일을 끝내곤 마일로의 어깨를 토닥이며 잘 자라고 말하고 돌아섰다. 뒤에서 마일로가 소리쳤다.

"반장은 잘 잘 수 있어요?"

라르스는 집으로 차를 몰았다. 세토를 데리고 다닌 뒤로 늘 개인 차를 직접 운전해서 집과 본부를 오갔었다. 이제 그럴 필요가 없겠구나. 알게 모르게 하나씩 늘어났던 일상의 크고 작은 변화들. 다시 제자리로 돌아갈 시간이었다.

제자리. 라르스의 얼굴이 일그러졌다. 왜 나의 제자리는 늘 이래야 하나. 결국은 혼자 남겨지는 결말.

라르스는 옆좌석을 흘끗 보았다. 세토가 앉아 있던 자리였다. 창밖을 열심히 보다가 운전대를 잡은 라르스의 손을 핥기도 했다. 언제나 위풍당당한 모습이었다.

라르스는 세토의 당당함이 자신의 옆에 있기 때문에 나온다고 생각했었다. 이젠 그게 아니란 걸 알게 되었지만. 세토는 혼자서도 당당하게 살아갈 것이다.

주거 지구 거리로 들어섰다. 저녁 카페가 불을 밝히고 노천 시장에도 사람들이 옹기종기 모여 있었다. 사람들의 옷차림이 많이 가벼워졌다.

다른 기지로 가족을 보내고 홀로 된 사람들은 티가 났다. 그들은 고독하고 무료한 표정으로 느릿느릿 걷고 식재료를 고르거나 일상용품을 사는 일을 서두르지 않는다.

라르스도 차에 세토를 홀로 두고 장을 볼 때면 발걸음부터 급했었다. 오늘 라르스는 뭔가 색다른 음식을 먹고 싶어 문을 연 모든 가게를 천천히 둘러보았다. 그러다 결국 원래 가던 가게로 돌아가서, 늘 먹던 걸 사서 집으로 돌아왔다.

집 앞에 도착해 주차장에 차를 세우고 문으로 향하면 늘 세토가 먼저 달려갔었다. 센서가 라르스의 생체 정보를 읽으면 문은 자동으로 열린다. 영리한 세토는 문이 주인을 알아본다는 걸 인지하고 있었다. 문에 화를 내며 라르스를 돌아보는 눈길엔 억울함이 가득했었다. 그 표정을 떠올리니 웃음이 났다. 세토는 정말 영리하고 자존감이 높은 녀석이었다.

문이 열리자 온기 가득한 공기가 라르스를 맞았다.

"산티넬."

어서 오세요, 라르스.

"이젠 난방 안 해도 돼."

세토와 함께 있게 된 뒤로 늘 산티넬이 둘의 귀가 시간을 체크하고 미리 난방을 켜 두었었다.

알겠습니다, 라르스.

이유를 묻지 않는 것도 산티넬다워서 헛웃음이 났다. 산티넬은 라르스가 하루를 보내는 모든 곳과 연결되어 있으므로 이미 무슨 일이 있었는지 다 알고 있을 터였다.

라르스는 씻고, 옷을 갈아입고, 차를 끓이고, 사 온 음식을 먹었다. 식사가 끝난 뒤 차를 가지고 와 안락의자에 앉았다.

조용하군.

오랜만의 정적이 어색했다. 그때 청소 로봇이 움직이기 시작했다. 세토에게 시달린 탓에 축도 살짝 기울고 브러시를 교체하는 동작도 느려졌다. 돌아다닐 때 장애물을 만나면 비켜 주세요, 라든지 치워 주세요, 따위의 말을 하는데, 세토 때문에 청소 시간이면 꽤나 수다스러웠었다. 오늘은 별말 없이 묵묵히 움직였는데, 어색하고 울적해 보이는 건 라르스의 기분 탓이리라.

집이 이렇게 크고 적막했었나. 무료했다. 세토가 없을 땐 저녁 시간에 뭘 하고 보냈는지 기억이 나지 않았다.

이경과 대화를 나누면 기분이 좀 나아질 것 같았다. 아니, 라르스는 그 이상을 바랐다. 숲에서처럼, 눈앞에 실재하는 이경을 보고 싶었다. 이경의 뺨을 만지고 싶고 손을 잡고 싶고 외롭지 않게 안아 달라고 말하고 싶었다.

이룰 수 없는 그 욕망이 너무나 강렬해서 라르스는 이경과의 대화를 포기했다. 이경이 기다릴 걸 알지만, 이 괴로운 마음을 들키고 싶지 않았다.

축을 어딘가 붙들어 맨 것처럼 기이할 정도로 시간이 흐르지 않았다. 라르스는 암막 커튼을 치고 불을 끄고 침대로 기어들어가 눈을 감았다.

눈만 감으면 바로 잠들던 라르스였는데 잠이 오지 않았다.

괴로운 뒤척임 속에서 라르스는 어머니를, 알리샌을, 아버지를 생각했다. 세토가 혼자 맞는 밤을 잘 보내고 있을지 걱정했다. 이경에 대해 생각했다. 결국 다른 소중했던 존재들처럼 이경도 나를 떠날 것이다. 그리고 나는 제자리로, 이경이 없었던 때로 돌아가겠지.

고독과 허무감이 라르스를 짓눌러 왔다.

잃고 싶지 않았다. 이 세계에서 자신을 지지해 줄, 따뜻하게 안아 줄, 그를 위해서라면 어떤 어려움도 감수할 힘을 줄 한 사람이 필요했다. 어둠 속에서 떠오르는 한 사람의 얼굴. 사랑스럽게 반짝이는 작은 얼굴. 하지만 닿을 수 없는 곳에 있는 얼굴.

라르스는 헐떡이며 후회했다. 아무것도 원하지 말아야 했다. 잠시나마 가지지도 말아야 했다. 꿈도 꾸지 말아야 했다. 그러면 잃을 일도 없으니까. 지독한 상실의 고통도 없으니까.

지금까지 그래 왔던 것처럼 라르스는 한 가지 방법밖에 몰랐다. 그저 우악스럽게 견디라고 자신에게 명령하는 것. 견디다 보면 견뎌졌으니까.

하지만 오늘, 고통스러운 밤은 영원히 끝나지 않을 것 같았다.

문득 라르스는 어떤 소리를 들은 듯했다. 처음엔 그냥 선잠을 자다 꿈에서 들은 소리려니 했다. 하지만 아니었다. 그 소리는 정확히, 문밖에서 났다. 문을 긁는 익숙한 소리.

라르스는 정신이 번쩍 들었다. 불가능한 일이다. 또 꿈을 꾸나 보다. 라르스는 자신의 팔을 꼬집었다. 아팠다. 라르스는 달려가 문을 열었다.

한껏 꼬질꼬질해진 모습의 세토가 문 앞에 쪼그리고 앉아 있었다. 남루한 모습으로 찾아온 기적처럼.

세토가 책망하듯, 크게 한 번 짖었다.

소녀에게 힘을

세토가 수십 킬로미터 떨어진 곳에서 라르스를 찾아 돌아온 일
은 시타델에서도 큰 화젯거리였다. 이경의 동료들도 모여서 그
이야기를 했다.

"그런 걸 귀소 본능이라고 해."

아리가 전문가답게 말했다.

"아무리 후각이든 청각이든 발달했다고, 그렇게 먼 곳에서 돌
아오는 게 가능하다고? 그건 그냥 초능력 아냐?"

주웨이가 현실주의자의 태도로 말했다.

"가능하니까 돌아왔겠지."

이경이 담담하게 말했다.

"구세계 자료에도 비슷한 기록들이 실제로 있어."

아리가 커피를 들이켜며 말했다.

"아리, 너 제발 커피 좀 줄여. 심장병 걸려. 그래서 세토의 독립은 물 건너간 거야?"

"아니."

이경의 대답에 주웨이가 눈을 동그랗게 떴다.

"다시 돌려보냈다고?"

"다음 날 아침 문을 나서자마자 뒤도 안 돌아보고 어딘가로 가 버리더래. 라르스도 멍해서 보다가 출근했는데, 저녁 늦게 퇴근해서 집에 오니 집 앞에서 기다리고 있더래."

두 사람은 일제히 손뼉을 치며 즐거워했다. 아리는 너무 영리하다고, 주웨이는 너무 귀엽다고 연달아 감탄했다.

"라르스가 세토의 생체 정보를 출입문 센서에 등록했어. 세토가 문을 열 때마다 아주 뿌듯해한다나 봐."

라르스는 아마존 동물에게 하듯 세토의 뇌신경에 나노봇으로 칩을 심었다. 세토의 안전도 걱정이 되었고 영역 탐색의 범위가 궁금하기도 했다. 결과는 예상보다 놀라웠다. 세토는 하루하루 새로운 곳을 탐구하면서 영역 지도를 경신해 나가고 있었다.

겨울이면 먹이가 될 풀이 귀해질 테니 본능적으로 영역을 확장하는 건지, 짝짓기를 위한 탐색인지 이유는 알 수 없었지만 세토가 야생의 삶으로 성공적으로 복귀한 건 명백해 보였다.

땅이 물러지는 여름은 알렙 기지에서 현장 작업이 멈추는 시기다. 라르스가 식물 연구에 몰두하는 때이기도 했다. 여름엔 날씨도 안정되었다. 육아에서 해방된 데다, 세토의 저돌적인 영역 확장에 자극받은 라르스도 하루하루 미지의 영역을 탐구하는 중이었다.

이경은 버릇처럼 가상의 창밖, 알렙 기지의 풍경을 보면서 생각에 잠겼다.

세토의 일은 이경에겐 조금 다른 의미로 다가왔다.

세토가 라르스의 선택을 무로 돌리고 주도권을 가져온 것이었다. 둘의 만남이 그랬던 것처럼 이별 또한 선택권이 인간에게 있다고 생각했는데. 그게 세토를 위한 최선이라고 생각했는데.

네가 나를 거둔 건 너의 의지였어도 나와 관계를 맺은 이상 너 혼자만의 결정은 안 된다고 말하듯이, 세토는 수십 킬로미터 떨어진 곳에서 라르스에게로 돌아왔다.

나는 너의 가족이 되었고, 앞으로도 가족이라고 선언하듯이.

게다가 세토는 자신의 야생성을 포기하지 않은 채 야생으로의 복귀도 성공적으로 해냈다.

세토는 인간처럼 복잡하게 생각하지 않는 것이다. 야생의 삶도, 라르스에게 날마다 돌아오는 일도 세토에겐 조금도 어렵지 않은 자연스러운 본능에 따른 것이었다.

이경은 그런 세토가 부러웠다. 생각이 많은 밤이었다.

✦

　그리고 그 일이 일어났다.

　주웨이, 아리와 이경은 평소처럼 구내식당에 마주 앉아 잠시 티타임을 갖고 있었다. 단말기를 뒤적이던 주웨이가 갑자기 비명을 질렀다. 주웨이의 겁먹은 눈동자가 이경을 향했을 때 이경은 심장이 얼어붙는 기분을 느꼈다.

　라르스구나.

　이경은 직감했다.

　라르스에게, 무슨 일이 생겼구나.

　　✦

　라르스는 기지에서 동쪽으로 30킬로미터 떨어진 지점에 있는 산에 올라 식물 채집을 하던 중이었다. 오전 10시 30분경, 갑작스러운 눈사태에 휩쓸리며 실종되었다. 조난 순간 구조 신호를 보내고 바로 동면에 들어간 듯, 생체 신호도 끊겼다.

　구조가 쉽지 않은 상황이었다.

　눈사태에 휩쓸려 조난 지점을 정확히 파악할 수 없는 데다가, 봄여름에 새로 내린 눈은 가벼워 눈사태가 연쇄적으로 일어나기 쉬웠다. 구조대가 산을 올라 수색하고 라르스를 구조해 데리고 내려오기는 힘든 상황이었다. 구조 헬기를 띄워도 정확한 하강 지점을 특정할 수 없어 쉽사리 구조에 나설 수 없었다.

일 초 일 초, 흐르는 시간이 날카롭고 딱딱한 바늘처럼 이경을 찔러 댔다.

라르스를 잃을지도 모른다는 공포에 맞닥뜨려서야, 이경은 라르스를 잃으면 살 수 없다는 걸 깨달았다. 그 애를 사랑하면서도 아무것도 하지 않았기 때문에, 이런 일이 생긴 것 같았다.

주웨이와 아리는 가끔 이경을 살피면서 한숨을 쉬었다. 혼자 둘 수 없어 함께 이경의 집으로 왔지만 그뿐이었다. 무력하고 초조한 공기가 집 안을 채웠다.

"이러다 네가 쓰러지겠다. 제발 조금 눈이라도 붙여. 너 시체 같아 보여. 그래도…… 불행 중 다행이잖아. 라르스는 살아 있으니."

주웨이가 이경의 등을 토닥이며 조심스럽게 말했다.

"이대로 구조하지 못하면, 죽어."

이경이 꺼질 듯한 목소리로 뇌까리며 머리를 감쌌다. 사람들의 그런 말이, 강화인에 대한 그런 생각이 이경을 더욱 상처 입혔다. 그곳에서도 그렇게 생각하면 어떡하지. 죽지 않았으니까, 잠들어 있을 뿐이니까, 천천히 구하면 된다고. 급할 거 없다고.

지금 라르스는 홀로 차디찬 눈을 덮고 있는데. 그런 생각을 하면 이경은 미칠 것만 같았다.

라르스를 구하겠다.

그 단호한 결심이 겨우 이경을 버티게 해 주고 있었다.

하지만 어떻게?

벽 스크린에서 뉴스 영상이 홀로 떠들고 있었다. 시타델을 방문했었던 젊고 잘생긴 개척 대원의 사고 소식은 시타델 시민들에게도 크게 화제가 되었다. 워낙 뉴스가 없는 곳이기에 별 내용도 없는 속보가 매시간 올라왔다. 방송국에서 알렙 기지로 직접 기자도 보냈다.

같은 내용의 반복이었지만 그래도 그곳 소식이 나올 때마다 세 사람은 고개를 들어 화면을 보았다.

장벽 같은 건물들이 양쪽에서 보호하듯 늘어선 넓고 긴 거리. 한낮이라 한산한 거리에 눈가루가 날렸다. 마이크를 든 기자가 푸른색 건물 앞에 서 있었다. 기자의 시선을 카메라가 따라가자 기자 발치에 쪼그려 앉은 동물이 보였다.

세토였다. 세토는 털갈이가 끝나 이젠 더 이상 흰색이 아니라 갈색과 우유색의 중간쯤 되는 털색을 하고 있었다. 세토는 잔뜩 경계심 어린 눈으로 카메라를 바라보았다. 화면 가득 세토가 잡혔다.

"이 동물의 이름은 세토입니다. 시청자 여러분께도 귀에 익은 이름일 겁니다. 사고를 당한 라르스 씨의 가족이라고 할까요. 어미에게 버림받은 새끼를 라르스 씨가 데려와 돌봐 주다가 야생으로 돌려보냈으나 수십 킬로미터 떨어진 곳에서 라르스 씨의 집으로 돌아온 일이 큰 화제가 됐었죠.

라르스 씨가 실종된 뒤 저희 촬영팀이 세토를 추적해서 찾아내 보호 중입니다. 다행히 멀리 있지 않았습니다. 세토는 지금 상황을 아직 이해하지 못하는 걸로 보입니다. 세토는 다시 라르스 씨를 만날 수 있을까요. 우리 모두 그렇게 되기를 진심으로 바라고 있습니다.”

주웨이가 손으로 입을 막고 눈물을 글썽였다. 그 순간, 이경의 머릿속에서 안개가 걷히면서 어떤 생각이 떠올랐다.

라르스를 구할 방법이.

이경은 자신의 생각을 먼저 친구들에게 털어놓았다. 주웨이는 열광적으로 찬성했고 아리는 걱정했다. 하지만 아리도 자신이 이경이라면 시도해 볼 것이라는 데는 동의했다.

“그런데…… 거기까지 가는 방법은?”

아리가 수심에 찬 얼굴로 말했다.

“기지와 시타델을 정기적으로 오가는 화물 수송기는 말할 것도 없고, 지원자를 태우고 가는 비행기도 허가받지 않은 민간인은 절대 탑승 불가하다고 알고 있어.”

“육로로 갈 수 있잖아.”

이경이 다급하게 말했다.

“커다란 차로 이동하는 거, 방송으로 본 적 있어. 돈을 주면 되지 않아?"

시타델 사기업의 수송 트럭을 말하는 것이었다.

"그건 알아보면 되겠지만, 시간이 많이 걸려. 제대로 된 길도 없고, 이십 시간 이상 걸리는 걸로 알아."

"그건 안 돼."

이경이 신음을 뱉었다.

"한시라도 빨리 라르스를 찾아서 구해야 해."

이경은 절망감에 눈물을 뚝뚝 떨궜다. 아리가 이경의 얇은 어깨를 끌어안았다.

"어쩌다 이런 일이……. 정말 어쩌면 좋니."

문득 주웨이가 큰 소리로 말했다.

"잠깐. 울지 마, 얘들아! 나한테 좋은 생각이 떠올랐어!"

두 시간 뒤 방송국에서, 그것도 간부급 피디가 나타나서 세 사람은 깜짝 놀랐다.

방송국을 이용하자는 건 홍보와 커뮤니케이션으로 잔뼈가 굵은 주웨이의 아이디어였지만, 정말로 통할지는 아무도 확신하지 못했다. 지푸라기라도 잡자는 심정이었을 뿐이다.

방송국 간부는 잘나가는 시타델의 보통 중년들처럼 미용 시술로 만든 반질반질한 얼굴과 늘씬한 체형 대신, 자연스러운 주름과 푸근한 몸집을 가진 여자였다. 편안한 자신감과 품위가 느껴졌다.

"회의 때문에 늦어졌어요. 미안합니다."

방송국 간부가 손을 내밀며 사과의 말을 건넸다. 이경은 간부의 진심이 담긴 말에 눈시울을 붉혔다.

"이 일의 실현 가능성에 대해선 아무래도 회의적인 시각들이 있어서요. 지나친 모험이 아니냐는 말도 있고, 방송 후의 반응에 미리 흥분하는 부류도 있고. 그래서 격론이 벌어졌어요. 미안합니다. 방송쟁이들이 좀 그래요. 연락을 주셨을 때 가장 먼저 보고받은 게 나였어요. 이건 된다고 밀어붙인 것도 납니다. 하자고 결론 나고 나서도 내가 직접 만나러 가겠다고 했고요."

"정말 감사합니다."

이경은 몇 번이고 고개를 숙이곤 의자를 권했다. 간부가 이경을 가만히 바라보았다.

"이경 씨라면 저희도 잘 압니다. 사실 같은 아이디어라도 누가 주인공이냐가 우리 방송쟁이들한텐 중요하죠. 이경 씨를 직접 보고 싶었습니다."

"직접 보니까 어떤가요?"

간부와 마주 앉은 이경이 작은 목소리로 말했다.

"그 황당한 생각, 해낼 사람으로 보이나요?"

"황당하다고 생각하지 않았습니다."

간부가 부드럽게 말했다.

"적어도 저는. 그래서 온 것이지요."

"……감사합니다."

간부는 몇 시간 만에 수척해진 이경을 가만히 보며 말을 이었다.

"방송쟁이들이 아무리 무모하고 매력적인 아이디어에 끌린다 해도 이 일의 불확실성에는 모두가 동의하는 부분입니다. 실패하면 엄청난 욕을 먹을 테니까요. 무섭죠."

주웨이가 불안한 눈으로 간부의 표정을 살폈다. 간부가 이경 뒤편의 창밖 풍경으로 눈을 돌렸다. 간부는 다큐멘터리 팀을 지상에 보내 지하 세계와 지상 개척 사회의 괴리를 줄이려고 애써 온 사람이기도 했다. 지상의 쓸쓸한 풍경을 가만히 보던 간부가 문득 말했다.

"사람들이 방송을 보며 울고 웃고 열광한 게 언제였는지 기억도 나지 않는군요."

간부가 이경에게 손을 내밀었다. 신뢰 가는 손이었다.

"당신의 사랑이 해피엔딩이 되리라는 것에 투자하겠습니다. 성공을 빕니다."

이경이 떨리는 두 손을 내밀어 간부의 손을 꽉 쥐었다.

"감사합니다……. 감사합니다."

감격한 아리가 참지 못하고 울음을 터뜨렸다.

방송까지 기밀을 유지하는 걸로 결정되었다고 했다. 동행도 촬영 감독 한 사람뿐이었다. 촬영은 인공지능이 장착된 드론 카메라로 할 것이라 많은 인원이 필요하지 않았다.

기지까지는 방송국에서 내준 전용기로 이동하게 되었다. 이경은 말릭에게 휴가를 신청했다. 신청서에 사유는 간단하게 적었다.

'라르스를 구하러 갑니다.'

말릭은 따져 묻지 않았다. 이경은 고마웠다.

알렙 기지를 향해 전용기가 출발했을 때는 표준시 오후 3시 30분. 사고 소식을 들은 지 다섯 시간이 지나 있었다. 이경에겐 피가 마르고 속이 타들어 가는 시간이었지만, 그래도 기적 같은 일이었다. 어제까지의 이경은 상상도 못 했을 일이었다.

간절함이 길을 찾아낸다.

이경은 그것만 생각하기로 했다.

모든 게 너무 비현실적으로 느껴졌다. 라르스에게 일어난 일도, 지금 자신에게 일어나고 있는 일도.

땅 밑에서만 살아온 내가, 비행기를 타고 하늘을 날고 있다니. 이렇게 커다랗고 무거운 쇳덩어리가 하늘을 날다니. 새파란 하늘도, 흰 융단 같은 구름도, 눈이 멀 것만 같은 빛도 낯설고 신비로웠다.

곤두선 신경 때문에 며칠 철야를 한 것처럼 발밑이 꺼질 듯 피로했지만, 그래도 이경은 가슴이 거세게 뛰었다.

라르스의 세계였다.

비행기에서 이경은 촬영 감독과 분리된 칸에 타고 있었다. 지친 이경이 편하게 쉴 수 있도록 배려해 준 것이리라.

"곧 착륙입니다."

촬영 감독이 나타나 큰 봉투 몇 개를 건넸다.

"눈 좀 붙이셨나요?"

이경은 고개를 저었다. 촬영 감독은 동정의 눈빛을 보냈다. 그는 이경을 만나러 왔던 간부와는 느낌이 달랐다. 표정과 말 속에서 이 일에 회의적이라는 게 엿보였지만 이경에겐 친절했다. 고마운 일이었다. 낯선 사람의 조그만 친절과 상냥함에 기대야 하는 시간도 있는 법이다.

"착용법은 안에 들어 있습니다. 꼼꼼히 읽고 입으세요. 입고 온 옷은 캐비닛 안에 넣어 두세요. 그 버튼을 누르면 캐비닛 문이 거울로 변합니다."

촬영 감독은 고개를 끄덕여 주곤 다시 사라졌다.

이경은 봉투를 열었다. 안에 든 설명서엔 방한 복장과 장비가 나노 섬유와 그래핀으로 제작되어 보온과 단열 효과가 확실하며, 스마트 센서가 내장되어 있다고 적혀 있었다. 이경은 설명서에 친절하게 적힌 착용 순서와 그림을 읽었다.

땀을 흡수하며 발열 효과가 있는 내의를 먼저 입었다. 나노 코팅 직물로 만든 단열 조끼를 걸치고 보온 바지를 입었다. 그 위에 깜짝 놀랄 정도로 가볍고 굽이 뭉툭한 부츠를 신었다. 다음으로 재킷을 걸치고 혁대를 단단히 채웠다. 편광 나노 고글을 쓰고 페이스 실드를 낀 뒤 귀까지 덮는 방한모를 썼다. 마지막으로 튼튼하면서도 굉장히 얇은 장갑을 착용했다. 복장은 하나같이 얇고 가벼우면서도 몸에 밀착되었다.

새로운 세계로 들어서기 위한, 라르스를 구하기 위한 성스러운 의식인 것처럼 이경은 진지하게 임했다.

이경은 거울 속 자신을 물끄러미 바라보며 물었다.

준비됐어?

거울 속 이경은 모험을 떠나는 전사처럼 보였다.

촬영 감독이 다시 나타나 알약과 물컵을 건넸다. 감독도 완전 복장을 갖추고 있었다.

"이걸 드세요."

이경은 그게 뭔지 묻지도 않고 받아 마셨다. 비행기가 하강 중인 듯 창밖으로 푸른 대지와 알렙 기지가 나타났다.

위에서 본 개척 기지는 오래전 외계의 존재가 대지에 건설한 유적처럼 보였다.

"아!"

이경이 탄성을 질렀다.

"들판이 푸르네요."

촬영 감독이 미소 지었다.

"여름이니까요."

라르스와 숲에서 처음 만난 순간이 떠오르며 이경은 가슴이 벅차올랐다. 라르스가 사랑하는, 초록이었다.

"감독님은 전에 여기 와 본 적 있으신가요?"

이경이 물었다. 촬영 감독은 고개를 끄덕였다.

"네. 두 번. 두 번 다 한겨울이었죠."

감독은 그때를 되새기는 듯 눈을 가늘게 떴다.

"지금은 괜찮습니다. 날씨가 좋은 계절이에요."

촬영 감독이 안심시키려는 듯 부드럽게 말했다. 이경은 고개를 끄덕였다.

"곧 착륙합니다. 자리에 앉아 안전벨트를 매세요."

하강의 느낌은 무서웠지만 잘 버텨 냈다.

비행기를 나서면 라르스의 세계였다. 라르스를 만나고, 목소리를 듣고, 얼굴을 마주하고 얘길 나누는 동안 한 번도 와 보지 못한 그의 세상.

문을 나서기 직전, 촬영 감독이 이경의 손목을 가리켰다.

"거기 동그란 점, 그걸 누르세요. 인공지능 센서가 작동합니다."

이경은 시키는 대로 했다. 자동문이 열리고 밖으로 한 걸음 내디디자, 다른 세상이 나타났다.

페이스 실드를 통해 알렙의 대기를 들이마시는 순간, 숨이 컥 막히는 기분이 들었다.

차갑다. 이 세계의 대기가 낯선 존재를 밀어내는 느낌이다.

다음 순간 방한복의 내부 온도가 올라가는 걸 느꼈다. 이내 몸이 따뜻해져 왔다. 페이스 실드에도 센서가 있는지, 코로 들어오는 공기의 차가움이 한결 누그러진 느낌이다.

기능에 감탄하면서도 한편으론 아쉽기도 했다. 있는 그대로의 세계를 좀 더 느끼고 싶었기 때문이다. 다행히 고글은 짙은 색으로 코팅이 되어 있지 않았다.

영상이나 사진으로 보는 것과 비슷할 거라 생각했다.

아니었다.

지하 시민 이경은 태어나 지금까지 사방이 막힌 세상에서 살았다. 디지털 조경이라는 눈속임이 있지만 이경에겐 통하지 않았었다. 이경이 아는 가장 넓은 곳인 중앙광장도 본질적으로는 층고가 높은 커다란 방일 뿐이었다.

눈앞의 세상은 달랐다.

멀리 보이는 높디높은 설산. 새파란 하늘과 맞닿은 광야. 지평선. 그 모두를 지배하는 태양의 빛. 이경은 장엄하고 진실한 대자연의 색과 형상에 매혹되었다.

무엇도 갇혀 있지 않고 열려 있는 세상. 끝 간 데 없이 뻗어 한계가 없는 세상. 황량함 속에 가능성을 잉태한 세상.

무엇보다 신비롭도록 고요했다. 시타델에선 결코 느낄 수 없는 적요였다.

무얼 걱정하고 무얼 두려워했던 걸까. 알지도 못하면서.

만나자마자 이경은 자신이 이곳을 사랑하게 될 거란 걸 알았다.

아마존이 그랬던 것처럼.

라르스가 그랬던 것처럼.

라르스.

이경은 속으로 라르스의 이름을 불렀다. 라르스에게 가닿기라도 할 것처럼.

여기서 태어나 자랐구나.

나도 여기서 태어나 너와 함께 자랐더라면 좋았을 텐데.

이제 내가 왔어. 너에게 갈 테니 그때까지 제발 무사히 있어 줘.

"기지는 저쪽입니다."

촬영 감독의 말에 이경은 정신을 차렸다. 기지가 측면을 드러내 보이며 길게 자리 잡고 있었다. 라르스가 보내 준 영상으로 이미 친숙한 풍경이 눈앞에 실재하는 걸 보니 이경은 가슴이 벅차올랐다.

✦

"아, 이제 오네요."

촬영 감독의 목소리가 밝아졌다. 기지 쪽에서 이쪽으로 달려오는 점이 보였다. 그 점은 곧 굉음을 내며 달려오는 육중한 차로 변했다.

엄청난 속도로 달려와 멈춘 차에서 한 남자가 뛰어내렸다. 고글만 쓰고 있을 뿐 방한모도, 페이스 실드도 하지 않은 젊은 남자였다. 남자가 두 사람에게 꾸벅 인사했다.

"마일로라고 합니다."

고글을 벗으며 남자가 말했다. 촬영 감독도 마주 인사를 건네고 이경도 고글을 벗으며 고개를 숙였다.

"이경입니다."

남자가 멈칫하더니 이경을 조심스럽게 살펴보았다.

"고글 벗지 마세요. 눈이 쌓여 있지 않아도, 우리한텐 햇빛이 너무 강하거든요. 눈 다쳐요."

이경은 고분고분 다시 고글을 썼다.

"저도 시타델 출신이거든요. 지난겨울에 여기 왔어요."

순박한 얼굴의 남자가 수줍게 덧붙였다.

"게임, 지금도 잘 하고 있습니다. 이렇게 만나 뵙게 될 줄은 상상도 못 했네요."

"여기서 말이죠."

이경이 담담하게 대꾸했다. 마일로의 입가에 어렴풋한 미소가 떠올랐다. 금세 마일로의 표정이 다시 진지해졌다.

"자세한 얘긴 듣지 못했지만…… 와 주셔서 감사해요. 저희도 많이 걱정하고 있답니다."

마일로의 눈 흰자위는 실핏줄이 터진 것처럼 온통 붉었고 얼굴도 부어 보였다.

"현장 책임자로서나 지휘관으로서나 완벽한 분이라…… 많이 의지했어요. 이곳에 잘 적응할 수 있었던 것도 반장님 덕분이고요."

마일로는 울컥하는지 고개를 숙였다.

"도무지 믿어지지 않네요."

마일로는 한숨을 내쉬곤 두 사람에게 말했다.

"타시죠. 다들 기다리고 계십니다."

촬영 감독과 이경은 마일로가 문을 열어 준 뒷좌석에 올랐다.

차는 굉음을 내며 거친 땅 위를 달려갔다. 차체의 진동이, 현기증 나는 속도감이 생경하면서도 강렬했다.

아득했던 세상의 바깥에 내던져진 기분이었다. 이경은 몸이 팅겨져 나갈 것 같은 불안감에 손잡이를 꽉 붙들었다.

"처음 오면, 무섭죠?"

운전하면서 마일로가 불쑥 말했다.

"저는 굉장히 두려웠어요, 처음에. 뭐랄까, 엄마 배 속에서 갓

나온 아기가 그런 기분이지 않을까 싶고. 중력이 다르게 작용하는 것 같기도 하고. 발이 땅에 닿아 있긴 한데 안전하지 않은 것 같고 어지럽고 그런 기분 있잖아요. 되게 무서웠어요."

같은 느낌을 받았다는 게 신기했다. 지금의 마일로는 차를 능숙하게 몰고, 원래 여기 살았던 사람처럼 자연스럽고 편안해 보였다. 같은 시타델 사람이기에 그런 모습이 듬직하고 위안이 되었다.

이경은 룸 미러로 마일로를 보며 작게 말했다.

"저는…… 무섭진 않아요."

낯설지언정 두렵지는 않았다. 라르스가 속한 세계니까. 어서 라르스를 만나고 싶을 뿐이었다.

"그러시군요. 왠지 저도 힘이 납니다."

마일로가 말했다.

본부 건물은 바로 앞에서 올려다보니 더욱 아찔하게 높았다. 알렙의 랜드마크다웠다. 반사된 햇빛이 금빛 외벽에 강물처럼 찬란하게 흘러내렸다.

2층으로 올라가니 광장처럼 큰 공간 한복판, 거대한 도넛 모양 소파에 세 사람이 띄엄띄엄 앉아 있었다.

웅크린 세 사람은 침울하고 막막해 보였다.

"모셔 왔습니다!"

마일로가 일부러 큰 목소리로 말하자 세 사람이 일어났다.

"기지 대장 카네입니다."

단발머리의 중년 여자가 손을 내밀었다. 바위처럼 단단한 인상이었다. 이경은 얼떨결에 손을 마주 잡았다. 카네 대장의 손은 크고 거칠고 단단했다.

"기사 부일코입니다. 저도 시타델 출신입니다. 만나서 반갑습니다."

"농업연구소 소장 로제요. 와 줘서 기쁩니다."

이경과 촬영 감독도 인사의 말을 건넸다.

마주하고 앉자, 마일로가 뭐 좀 마시겠냐고 물었다. 촬영 감독은 물을, 이경은 커피를 부탁했다. 이경은 라르스가 진짜 커피의 맛을 자랑하던 걸 떠올렸다.

"라르스가…… 여기서만 마실 수 있는 진짜 커피의 맛을 자랑했었어요."

이경이 낮게 말했다.

"그랬나요?"

은빛 머리와 수염을 가진 낭만적 풍모의 로제 씨가 고개를 끄덕였다.

"내 작품이랍니다."

곧 은은한 커피 향이 무거운 공기를 위로하듯 감쌌다.

"맛이 어떻습니까?"

로제 씨가 이경에게 물었다.

"정말 맛있어요."

진심이었다. 아리에게 비밀이 또 생겼다. 이 커피의 맛과 향에 비하면 아리가 마시는 건 재를 태운 물보다도 못했다. 커피가 속을 데우며 내려갈 때에야 이경은 지금껏 아무것도 먹지 않았다는 걸 깨달았다.

"다음에 내 카페에서 라르스가 좋아하는 샌드위치와 함께 먹어 봐요. 가장 훌륭한 조합이니까."

이경을 보는 로제 씨의 눈빛은 부드럽고 친근했다. 이경은 가만히 고개를 끄덕였다.

카네가 갑자기 버럭 소리를 질렀다.

"옛날에 산에서 잠들었을 때 혼쭐을 내서 다신 혼자 산에 못 오르게 했어야 하는 건데!"

카네의 엄격한 얼굴이 일그러지더니, 매서운 눈길이 이경을 향했다.

"여긴 호락호락한 곳이 아냐. 강하고 훈련된 사람도 잠깐 방심하면 위험에 빠지는 곳이요."

카네가 차가운 표정으로 이경을 바라보았다.

"당신, 원하는 게 뭐야? 구조를 지원한다기에 뭔 뾰족한 수라도 있나 하고 눈 빠지게 기다렸더니, 이런 애송이를 보내? 시타델 인간들이 드디어 미친 건가?"

"카네!"

로제 씨가 나무라듯 목소리를 높였다.

"당신도 조용히 해. 이런 판국에 커피 맛이나 논하고 있나? 라르스를 잃게 될지도 모르는데."

이경은 카네가 무서웠지만 라르스를 걱정해 주는 것 같아 고마울 따름이었다. 이경은 주먹을 꼭 쥐었다. 자신을 믿어야 했다. 그러지 않으면 눈앞의 사람들을 설득할 수 없을 것이다.

"대장님. 일단 얘기부터 좀 들어 보시고 화를 내서도 좋을 것 같아요."

부일코가 달래듯 말했다. 카네 대장은 콧방귀를 끼더니 팔짱을 꼈다. 어디 한번 말해 보라는 투였다.

이경은 먼저 **연결자**가 뭘 할 수 있는지에 대해 설명하는 것으로 시작했다. 자신이 **연결자**로서 해 온 일들을.

"**연결자**는 동물의 뇌신경에 **연결**하여 그들의 감각을 공유하고 나아가서 의지에 영향을 줄 수 있습니다. 세토를 독립시키고 나서 라르스는 세토의 뇌신경에도 칩을 심었어요. 그래서 제가 세토에게 **연결**을 시도하려고 합니다. 다들 아시겠지만 세토는 설산을 자유롭게 오르내리는 동물입니다. 수십 킬로미터 떨어진 곳에서 라르스에게로 돌아온 엄청난 능력을 가지고 있고요."

지상에 터전을 일군 철의 전사들이면서도 이경의 이야기는 마법처럼 들리나 보았다. 듣는 이들의 표정에 흥미로워하는 기색이 떠올랐다.

"세토와 저는 라르스가 있는 설산으로 갈 겁니다. **연결**은 산 밑에 가서 시도할 거예요. **연결** 대상의 환경을 직접 보는 게 **연결**의 효과를 높여 주거든요. 저는 세토와 감각을 공유하고 세토는 저의 판단과 의지에 영향을 받습니다. 저는 세토에게 라르스가 위험에 처했고 그를 찾아내야 한다고 설득할 겁니다. 세토를 라르스가 있을 거라 예상되는 대략적인 지점으로 인도하려고 노력할 거예요. 어느 정도 가까워지면 비록 눈 아래 있더라도 세토가 라르스를 찾아낼 거라 생각합니다. 세토가 라르스를 발견하면 제가 촬영 감독에게 알려 구조 요청을 보내겠습니다. 그때 구조 헬기를 보내 주세요. 라르스를 찾아내면 세토가 눈을 파헤칠 거고요. 구조대원들은 세토가 있는 지점으로 바로 하강하면 되고 그다음은 일반적인 구조 지침대로 하면 됩니다. 라르스를 구조하는 데 오래 지체할 필요가 없으니 구조대의 위험을 최소화할 수 있어요."

"기가 막히군! 그런 방법이 있다니!"

로제 씨가 외쳤다.

"라르스에게 구원의 천사가 있었군."

마일로와 부일코도 표정이 훨씬 밝아져 있었다. 마법 같은 이야기긴 했지만 **연결**이라는 능력이 실재하는 거라면 충분히 가능성 있게 여겨졌던 것이다.

"조금 전까지도 암담하기만 했는데……."

마일로가 코를 훌쩍이며 중얼거렸다.

"말로 들으면 간단하지. 하지만 그 과정이 만만치 않을걸."

카네만이 회의적인 눈빛으로 냉정하게 말했다.

"당신이 괴상한 능력을 가진 사람이란 건 알겠소. 하지만 이쪽 세상은 처음이잖아. 당신이 그동안 능력을 발휘해 온 동물들과 세토가 어떻게 다른 반응을 보일지도 모르고. 이런 일을 사전 실험 없이 바로 실행에 옮긴다는 게 말이 안 돼. 시행착오가 있어선 안 된단 말이오."

하나도 틀린 말이 없었기에 이경은 아무 말도 하지 못했다.

카네가 긴 한숨을 쉬었다.

"그래도, 아무것도 안 하는 것보단 낫겠지."

이경은 떨구었던 고개를 번쩍 들었다.

"감, 감사합니다!"

카네는 엄한 눈빛으로 나지막이 말했다.

"실패하지 마시오. 라르스마저 잃을 순 없어."

이경은 가슴이 뭉클해졌다.

"카네, 잘 생각했어. 당신, 사실 누구보다 라르스를 아끼잖아. 지금도 속이 시커멓게 타들어 가지?"

"닥쳐, 로제. 이제 그만 당신 카페로 돌아가."

대장이 으르렁거렸다. 로제 씨가 싱긋 웃으며 일어섰다. 이경이 당황한 표정으로 두 사람을 번갈아 보았다. 로제 씨가 이경에게 안타까운 표정으로 말했다.

"오늘은 이미 늦었으니까요, 내일 아침 일찍 합시다. 곧 어두워

져요. 카네, 이 남자분은 여기 숙소에 재워 줘. 이경 씨는 내가 모시고 갈게."

이경은 오늘 밤 라르스를 차디찬 설산에 혼자 두어야 한다는 생각에 가슴이 찢어질 것 같았지만 어쩔 수 없었다.

"어디로 데려간다는 거야?"

카네가 못마땅한 표정으로 로제 씨를 올려다보았다.

"어디긴 어디야. 라르스의 집이지. 이 꽉 막힌 사람아, 라르스를 구하기 위해 온 사람을 딴 데서 재우겠다는 거야?"

"번거롭게 굳이."

카네는 퉁명스럽게 말했지만 반대하지는 않았다.

"정말 감사합니다!"

이경은 감격해서 로제 씨를 포옹이라도 하고 싶었다. 라르스의 집으로 간다. 비록 라르스는 없다 해도.

"오늘 밤은 푹 쉬십시오. 쉬지 않으면 안 됩니다. 내일은…… 긴 하루가 될 테니까요."

내내 입 다물고 있던 촬영 감독이 이경을 보며 말했다. 나서지 않으면서도 배려심 있고 일에 대한 책임감도 강한 사람이라고 이경은 생각했다.

"네, 감독님도요. 푹 쉬세요."

쉬도록 노력해야지. 라르스가 차가운 눈 아래 있는데 나만 편안히 집에서 쉬면서 잠이 올진 모르겠지만 그래도 내일을 위해 휴식해야 한다. 내일은 최상의 상태여야 하니까.

"저기……."

촬영 감독이 마일로의 안내를 받아 사라지고 이경도 로제 씨와 떠나려는데 뒤에서 말소리가 들렸다.

"네?"

돌아보니 자신을 시타델 출신 기사라 소개했던 이였다.

"부일코라고 합니다. 아까 인사드렸지만……."

부일코가 두 손을 모으며 진중하게 말했다.

"이런 일이 생겨서 정말 유감입니다. 이렇게 와 주셔서 얼마나 힘이 나는지 모릅니다."

"아닙니다."

이경이 고개를 저었다. 부일코가 머뭇거리다 말을 이었다.

"내일이 아내 생일입니다. 연차를 신청해 놓았는데 이런 일이 생겨서. 못 가는 건 괜찮지만 아내에게 미안해서요. 혹 돌아갈 때 선물을 좀 전해 줄 수 있을까요? 직접 가져갈 생각이었어서 우편물 신청을 안 했어요."

이경은 힘껏 고개를 끄덕였다.

"네. 당연하죠. 꼭 전해 드리겠습니다. 주소를 주세요. 제가 직접 전할게요."

"아, 그래 주실래요?"

부일코의 얼굴이 환해졌다.

로제 씨와 본부를 나서면서 부일코의 말을 되새김질하다가 이경은 마음이 착잡해졌다. 부일코는, 이 일이 장기화되고 내가 성과 없이 복귀할 때를 전제로 부탁을 한 거구나. 이 일이 성공한다면 이경이 부일코의 부탁을 이행할 필요는 없어진다. 부일코는 예정대로 연차 휴가를 쓸 수 있을 테니까.

이경은 아무 생각도 하지 않으려 애쓰며 밖으로 나왔다. 로제 씨의 차를 타고 다시 달렸다.

"여긴 어딜 가든 허허벌판을 달리지 않으면 안 되나 봐요."

이경의 말에 로제 씨가 허허 웃었다.

"땅이 크니까요."

지상 사람들은 대체로 거칠고 빠르게 차를 몰았다. 아니면 이 대지가 거친 것인지도. 이곳에 도착한 지 얼마 되지 않았지만 이경은 이 속도감과 대지의 저항과 인간의 거친 에너지에 금세 익숙해졌다.

해 질 녘이었다. 하늘이 짙푸른 색으로 변하며 땅과 하늘의 경계가 진홍빛으로 물들었다. 슬픔을 불러일으키는 아름다운 광경이었다.

내일 이 시간엔 저 노을을 라르스와 함께 볼 수 있을까.

두려움이 밀려왔다.

카네 대장의 말이 맞다. 세토는 아마존의 동물과는 다르다. **연결**에 있어 어떤 변수가 있을지 모른다. 그리고 나. 나도 변수다. 나는 설산을 오른다는 게 어떤 일인지 전혀 몰라. 세토가 보고 듣고 느끼는 모든 걸 나도 공유한다. 겁에 질려 이성을 잃으면 어떡하지? 그러면 세토에게도 영향을 미칠 텐데. 세토를 방해하는 것이 바로 나라면 어쩔 건데? 그렇다고 **연결**을 끊지도 못한다. 한번 끊은 **연결**을 다시 잇는 건 힘들기 때문이다.

세토는 정말 라르스를 찾아낼까? 세토에게 구조에 필요한 만큼의 끈기가 있을까?

라르스는 정말, 무사할까?

이경은 양손으로 머리를 쥐고 거세게 숨을 몰아쉬었다. 두려움은 더 큰 두려움을 몰고 온다. 생각은 그만하자. 내일은 내일의 내가 맞서 싸울 거야. 오늘의 나는 오늘 밤을 견디는 데만 집중하자.

차가 라르스의 집 앞에 멈추었다. 로제 씨는 차 문을 열고 이경을 내려 준 뒤 세토는 잠시 격리해 두었으니 편히 쉬라고, 내일 아침에 데리고 오겠다고 말하고 떠났다.

홀로 남겨진 이경은 낯선 거리를 가만히 바라보았다.

날마다 창 너머로 바라보기만 하던 거리에 서 있으니, 꼭 영화 속 세트장에 들어온 것 같았다. 가게들에서 흘러나온 불빛이 동화 같은 분위기를 드리운 아늑하고 예쁜 거리였다.

이경은 로제 씨가 준 비상 키 카드로 문을 열고 들어갔다.

라르스의 집에 들어서자 긴장이 풀리며 엄청난 피로가 몰려왔다. 이경은 짐 가방을 툭 내려놓고 긴 한숨을 쉬었다. 금세라도 쓰러질 것만 같았다. 이경은 커다란 침대로 달려가 몸을 던졌다. 이불은 부드럽고 라르스의 체취로 가득했다. 반가움과 슬픔과 그리움이 파도처럼 밀려들었다.

안녕하세요.

갑자기 들려온 목소리에 이경은 깜짝 놀라 벌떡 일어났다.

"누, 누구세요?"

소리가 들려온 쪽을 두리번거리며 이경이 소리쳤다.

저는 산티넬입니다. 라르스의 인공지능 비서죠. 맞은편 책장을 보세요. 네, 맞습니다. 거기 원통형 스피커가 저의 본체입니다. 당신은 낯선 사람이지만 보안 키를 가지고 있으니 침입자는 아니라고 판단했습니다. 그렇지 않았다면 경비 시스템에 연락하고 경보를 울렸을 겁니다.

"아, 그러지 않아서 다행이야. 산티넬, 우린 아는 사이잖아."

이경이 작게 말했다.

네, 저도 그렇게 판단하긴 했습니다만 확신은 서지 않더군요. 설명을 부탁해요. 당신이 정말 이경이라면 어떻게 여기에 있는 거죠?

이경은 힘없이 미소 지었다.

"알아봐 줘서 고마워. 난 이경이 맞아. 만나서 반가워."

산티넬이 이 초 동안 침묵했다.

반갑습니다. 시타델에서 여기까진 어떻게 오셨나요? 혹시 라르스의 사고와 관련이 있습니까? 저는 인터넷의 모든 소식을 실시간으로 알 수 있습니다. 하지만 당신이 여기 오는 것에 대해선 아무 정보도 얻지 못했어요.

산티넬은 다시 이 초 동안 침묵했다.

무슨 일이 일어나고 있는 겁니까? 저는 라르스에 관해 최대한의 정보를 습득하도록 프로그래밍되어 있어서 궁금합니다. 당신이 제게 말할 의무는 없지만 알려 주신다면 한 인공지능이 자신의 존재 이유에 대한 철학적 고민에 빠지지 않을 것 같군요.

이경은 웃고 말았다. 역시 독특한 인공지능이었다.

"나는 라르스를 구하러 왔어. 기밀 사항이기 때문에 네가 아무것도 알지 못한 거야. 속상하겠지만 조금만 참아. 혹시 나에 대해 더 아는 건 없어? 이를테면 내가 **연결자**라는 것이라든지? 그건 검색해 보면 나올 텐데. 내가 라르스를 어떻게 구할지에 대해서는 네가 추리해 봐."

산티넬은 또 이 초간 침묵하더니, 화제를 바꾸었다.

난방을 작동시켰습니다. 오 분 안에 따뜻해질 겁니다. 씻고 편안히 쉬세요. 차를 준비하겠습니다. 혹시 뭔가 드시고 싶다면 싱크대 쪽에 자동 배식기도 있습니다.

"차나 마실게. 배는 안 고파. 고마워. 친절하구나. 나는 오늘 하루 종일 누군가의 상냥함과 친절에 마음을 기댔단다. 인간은 그래야만 하는 날이 있거든."

이경이 슬프게 웃으며 말했다.

"네가 여기 있어서 좋아. 혼자 있지 않아도 되어서. 하지만 네가 라르스를 걱정하고 있다는 착각에 빠지게 하진 말아 줘. 그럼 내가 너를 붙들고 울며 하소연을 하게 될지도 모르니까."

알겠습니다. 인공지능은 걱정이나 슬픔을 느끼지 않습니다. 하지만 저에게 무슨 말이든 하셔도 괜찮습니다. 저는 그런 이야기를 들어 주도록 프로그래밍되었습니다. 라르스도 저에게 많은 이야기를 합니다.

인공지능 비서는 사람과 대화를 나눌수록 대화 능력이 발전하고 그렇게 발전한 인공지능은 거의 인간으로까지 느껴진다.

산티넬은 마치 라르스를 돌보는 어른 같다. 성장하는 동안 곁에 있어 주어야 했지만 그러지 못했던 부모 같은 존재. 라르스는 산티넬과 얼마나 많은 대화를 나눈 걸까. 이 커다란 방에서 홀로. 그런 생각을 하니 새삼 가슴이 아팠다. 따지고 보면 이경 자신도 고아나 다름없이 자랐으면서.

따뜻한 물로 씻고 편한 옷으로 갈아입으니 한결 기분이 나아졌다. 벗어 놓으니 한 무더기인 방한복은 대충 소파에 던져두었다.

당장 잠이 올 것 같진 않아 책장으로 다가갔다.

책을 실물로 본 것은 처음이었다. 게다가 이렇게나 많은 책은.

이경은 책등을 손가락으로 쓸며 지나가다가 꺼내서 펼쳐 보기도 했다. 표지가 두껍고, 속지는 바랜 색이다. 차르륵 넘겨 보았다.

빽빽하게 글씨가 들어차 있다. 어떤 책은 아주 오래되어 보였다. 오래된 책에서 나는 냄새와 내지의 질감이 좋았다.

책을 읽는 것은 사람을 만나는 것과 비슷하다는 생각이 들었다. 가상 회의나 화상 대화와는 달리, 직접 사람을 만나면 그 사람에 대해 말로 전해지는 것 이상의 것들을 알 수 있지 않은가.

이경은 구석에 꽂힌 유난히 두꺼운 책 한 권을 들고 커다란 안락의자에 앉았다. 하루의 마지막, 라르스가 그랬을 것처럼.

지금도 차가운 어둠 속에 홀로 있을 라르스를 생각하지 않기 위해서도 무언가 몰두할 거리가 필요했다.

이경은 조심스럽게 책을 펼쳤다. 책은 구세계 기후대책회의에서 이루어진 연설 모음집이었다. 구세계의 언어로 쓰인 것을 시타델 표준어로 번역한 것이었다. 읽다 보면 잠이 오겠거니 생각하며 이경은 눈길 닿는 대로 띄엄띄엄 읽었다.

……인류의 지난 수십 년간 위기 대응은 실패했습니다. 후손들의 미래를 우리 손으로 막다른 길로 내몰고 있습니다. 문제는 이기적인 시스템입니다……

……이 실패의 대가는 우리의 아이들이 치르게 될 것입니다. 아이들은 소박한 자연과 함께하는 평범한 행복을 누리지 못할 것입니다……

……우리는 다음 세대뿐 아니라 수많은 생명체에 대한 존중과 책임을 무겁게 느껴야 합니다……

……이 재앙의 끝은 어디입니까? 많은 과학자들은 뜨거워진 세상의 끝에

차갑게 식은 지구가 기다리고 있다고 말합니다……

……빙하가 녹습니다. 바다는 육지를 삼키고, 차가워집니다. 지구의 열을 순환시키는 해류가 멈춥니다. 그 끝은……

아직 늦지 않았습니다. 우리는……

툭.

눈물이 책에 떨어졌다.

늦었구나, 당신들은. 책 속의 간절한 목소리가 귓가에 생생하게 메아리치는 것만 같은데, 이미 돌이킬 수 없는 일이 되어 버렸구나. 따뜻한 대기도, 푸른 나무도, 뛰노는 아이들의 웃음소리도, 다 사라져 버렸다.

왜 막지 못했을까, 그들은.

막을 수 있었을 텐데. 다른 미래를 만들 수 있었을 텐데.

이경은 알지 못했다. 돌이킬 힘이 있던 시간은 오래전 과거가 되어 버렸기에, 그 실패의 아이들이 여기 있을 뿐이었다.

그들이 실패했기에 지금 라르스는 저 차디찬 어둠 속에 묻혀 있는 것이었다.

책을 돌려놓으려고 일어서는데, 책에서 뭔가 떨어졌다. 사진이었다. 어린 라르스가 밝은 표정을 하고 개구쟁이 같은 미소를 짓고 있다. 사진을 가만히 품에 안다가 이경은 뒷면에 빼곡히 적힌

글자를 발견했다.

라르스, 내 아들아. 이별의 날을 하루 앞두고 이 편지를 쓴다. 알렙은 네 어머니와 함께 내 청춘을 바친 곳이다. 너를 두고 떠나야 하는 지금 온갖 회한이 가슴속에서 휘몰아치는구나. 그래도 나는 후회하지 않는다. 죽음으로 네 어머니와 나를 갈라놓은 운명도 이제는 원망하지 않는다. 나는 내게 주어진 삶을 받아들인다.

이제 낯선 땅에서 나는 또 살아가야 한다. 언젠가 네 어머니와 함께 꿈꾼 세상이 이루어지리라 믿으며. 이 손으로 다시 너를 안을 날은 오지 않겠지. 아픔이 뼈에 사무치는구나.

아들아. 네 앞날에 사랑이 함께하길 진심으로 기도한다.

이경은 라르스 대신 답장을 썼다. 마음으로. 답장의 내용은 자신의 마음속에 묻어 두기로 했다.

✦

라르스는 평원에 서 있었다. 알렙 기지가 보였다. 산도 평원도 온통 푸른빛이었다. 잎이 울창한 나무들이 그늘을 드리웠다. 세토가 뛰어다녔다. 이경이 환하게 웃으며 달려왔다. 아마존에서처럼, 얇은 티셔츠와 반바지를 입고 있었다. 그럼 여긴 시타델인가. 아니다. 시타델엔 지평선이 없다.

엄마가 그랬던 것처럼, 바구니를 들고 이경이 춤을 추었다. 이경이 웃으며 말했다. 날마다 의자에 놓인 바구니를 바라보며 너랑 함께 소풍 갈 날만 손꼽아 기다렸다고.

라르스는 눈에 눈물이 고인 채 환하게 웃었다. 이경에게 꿈이란 걸 들키고 싶지 않았다.

✦

마일로가 촬영 감독과 세토를 태우고 아침 일찍 이경을 데리러 왔다. 창으로 동이 트는 걸 보고 있던 이경은 반갑게 맞았다.

"벌써 친해졌군요?"

촬영 감독이 세토를 안고 뒷자리에 타는 걸 보고 이경이 미소 지으며 물었다.

"네, 처음엔 무서웠어요. 이 발톱 좀 봐요. 뼈도 못 추리게 생겼 잖아요."

감독도 마주 웃으며 세토의 앞발을 들어 보였다.

"오늘 일엔 우리 셋의 협업이 중요하니까 미리 친해져 놓으라고 하면서 마일로 씨가 많이 애써 줬어요. 야생 동물이긴 해도 사람에게 익숙해서인지 곧 마음을 열더군요."

"다행이네요."

세토가 경계하는 태도로 이경을 바라보았다.

"세토, 이 아저씨보단 내가 더 익숙할 텐데?"

이경이 미소 띤 얼굴을 세토에게로 기울이며 다정하게 말했다. 세토는 고개를 갸웃하며 이경을 바라보았다.

사실 아마존에서는 동물들과 교감을 하고 **연결**에 들어가지는 않는다. 하지만 오늘은 상황이 다르니까, 세토와 미리 친해지고 싶었다.

연결자가 대상에게 영향을 주는 방식은 체내에서 신경 신호가 전달되는 과정과 본질적으로 비슷하다. 그 과정이 좀 더 명료하게 작용하는 것이다.

지능이 높은 생물이 **연결** 경험이 없다면 자극이 너무 강해 혼란을 줄 수도 있다.

다행히 세토는 이미 인간과 오래 교감해 왔다. 인간의 손길, 목소리, 다정한 말투가 주는 심리적 안정에 익숙하다. 하지만 본격적인 **연결**에 들어가기 전에 자신의 느낌에 더 익숙해지게 하고 싶었다. 세토를 위해서도, 완전히 낯선 환경 속으로 뛰어들 자신을 위해서도.

세토는 의젓한 태도로 이경에게 마음을 열어 주었다. 굉장히 영민한 동물이라는 느낌이었다.

"좀 쉬셨나요?"

이경에게 세토를 건네며 촬영 감독이 물었다. 이경은 세토를 끌어안으며 말없이 미소만 지었다.

지난밤 이경은 악몽에 시달렸다. 세토가 아니라 자신이 직접 산을 올라 가파른 능선과 암벽을 타며 거센 바람과 추위에 맞서는 꿈이었다. 깎아지른 절벽에서 아래를 보는 느낌은 선연한 공포였다. 실제로 겪어 보지도 않았는데 꿈속에선 왜 그렇게 생생하던지. 가장 큰 두려움은 자신이 겁에 질리고 혼란에 빠져 포기하고 말지도 모른다는 것이었다.

"갑작스러운 기상 악화만 없길."

앞에서 운전대를 잡은 마일로가 중얼거렸다.

마일로는 룸 미러로 이경의 표정을 보곤 얼른 덧붙였다.

"괜찮을 겁니다. 여름엔 그런 일이 잘 없어요. 오늘 일기 예보도 좋았고요."

이경은 긴장한 표정으로 고개만 끄덕였다. 예고 없는 돌발 상황이 많다는 건 이경도 이미 아는 바였다.

"구조기만…… 구조기만 뜰 수 있으면 돼요."

불확실성으로 가득한 시간이 마음을 짓눌러 왔다. 이경은 조금이라도 긍정적인 생각을 하려고 라르스를 처음 만난 날을 회상했다. 너무나 오래전 일처럼 아득했다.

그날이 없었더라도 이 일은 일어났을지도 모른다. 하지만 그날이 없었다면 지금 이경은 여기 없을 것이다. 이경은 그날의 우연에 감사했다.

"도착했어요."

마일로가 차를 세우고 말했다. 촬영 감독은 즉시 캠프를 설치했다. 마일로는 이 산에 대해 잘 아는 사람에게서 라르스가 사고 예상 지점으로 올라갔을 경로 지도를 받아 왔다. 이경은 지도를 숙지하려 애썼다.

캠프 설치를 마친 촬영 감독은 드론 카메라를 띄웠다. 드론을 능동 추적 모드로 설정하고 센서에 세토의 데이터를 입력했다. 방송용 고급 드론 카메라는 비행 중에 대상 피사체와 적절한 거리를 유지하면서 촬영한 영상을 실시간으로 전송한다. 지형 인식 기능으로 장애물 회피 능력도 뛰어나며 입력된 위험 요소를 파악해 정보를 전송하기도 하는 고급 장비였다. 촬영 감독은 모니터링하면서 원격으로 클로즈업과 원거리 촬영을 자유롭게 조정할 수 있었다.

"세 대 중 두 대는 세토를 추적 촬영할 거고, 한 대는 경로를 앞질러 위험 요인을 알려 줄 겁니다. 소통은 뇌-인터페이스로 할게요. 기상 악화만 없으면 큰 문제 없을 겁니다."

촬영 감독의 말에 이경은 고개를 끄덕였다.

캠프 안에는 드론 카메라 촬영을 컨트롤할 모니터와 각종 장비가 설치되어 있었다. 이경이 세토와 **연결**한 후 앉아 있을 의자도. 촬영 감독은 드론 카메라가 실시간으로 보내는 영상들을 보며 적절한 안내와 도움을 줄 것이고, 이경은 세토와 **연결**한 채 임무에 나설 것이다.

"이제, 시작하면 되나요?"

촬영 감독이 물었다.

"잠깐, 잠깐만요. 마일로, 세토를 잠깐만 보게 해 줘요."

마일로가 따로 대기 중이던 세토를 캠프 안으로 데리고 들어왔다. 이경은 세토를 안고 눈을 들여다보았다.

"세토."

세토가 귀를 쭝긋거렸다.

"우리가 라르스를 구해야 해."

세토가 마치 이해한 것처럼 이경의 눈을 가만히 바라보았다. 그렇게 눈을 맞춘 채로, 이경은 세토와 **연결**했다. 오성의 벽이 사라지고, 이경은 세토와 하나가 되었다.

마일로가 세토를 산자락으로 데려갔다.

라르스.

이경은 눈을 감은 채 라르스를 간절히 불렀다.

"헉!"

세토가 뿜어내는 강렬한 아드레날린이 이경에게로 밀려들었다.

라르스!

이렇게 빠를 줄이야. 산을 오르기도 전인데, 세토가 산 위에 있는 라르스를 포착했다는 걸 이경은 알 수 있었다. 세토가 어떻게 라르스가 저 위에 있다는 걸 인지하는지는 설명할 수 없지만, 그 사실만은 분명했다.

세토가 무섭게 동요하며 강렬한 의지를 보이고 있었다. 후각이나 청각 같은 감각적 능력만으론 설명이 안 되는, 초지각적인 본능이었다.

순식간이었다. 마치 발사대를 떠난 대포알처럼, 세토의 몸이 튕겨 올랐다.

촬영 감독이 당황하며 드론을 조정하고 모니터를 응시했다.

이경의 눈앞이 확 밝아졌다. 바위와 흙과 돌무더기와 눈이 훅훅 닥쳐오고 훌쩍훌쩍 도약할 때마다 앞발과 뒷발의 압력에 눈덩이가 부서지고 돌멩이들이 굴러떨어진다.

너무 빨라요. 순식간에 급경사로 접어드네요.

뇌-인터페이스를 통해 촬영 감독과 소통한다.

알아요. 예상 경로로 가고 있지 않은 거 맞죠?

네. 괜찮겠어요?

세토를 믿어야죠.

세토가 라르스를 인지했나요?

네, 확실해요.

세토는 인간이 아니다. 거기서부터 이미 계획을 벗어났다. 라르스는 완만하고 안전한 경사 지대를 따라 산을 올랐을 것이다. 하지만 세토는 그럴 필요가 없다.

경사진 비탈을 오르는 속도에 어지럽다. 세토의 육체는 유연하면서도 강하고 탄력이 넘친다. 어느새 꽤 높이 올라왔다.

걱정이네요. 세토는 라르스를 향한 직선 경로를 따르고 있는 것 같아요. 마치 나침반의 자석처럼요. 이러면 길잡이 드론이 큰 도움이 안 돼요. 세토를 따라서 날 수밖에 없으니 시야가 제한돼요. 위험을 예고하는 기능이 축소된다는 뜻이에요.

하지만 이미 이경 또한 라르스를 향해 달려가고 있다는 흥분에 도취된 상태였다.

이런 인간과 동물의 역전은 **연결자**로서 처음 경험하는 것이었다. **연결**에 있어서 절대적으로 세토 우위 상태였다.

지상에 처음 올라온 뒤로 내내 그랬듯, 이경은 자연의 경이에 매혹될 뿐이었다.

하지만 큰 난관이 기다리고 있었다.

바위 암벽이에요!

사람의 키를 훌쩍 넘는 삐죽삐죽한 암벽이 앞을 가로막는다.

길잡이 드론에게 우회로를 찾아보게 할게요.

훌쩍!

세토는 어떤 도움닫기도 없이 몸이 위로 솟구치나 싶더니 다음 순간 암벽 위에 착지해 있었다.

늦었네요. 순간 도약력이 엄청난데요? 한 삼사 미터는 되겠어요.

이경은 대답할 수 없었다. 몸이 중력에 반하여 허공에 떠올랐을 때, 너무 무서워서 토할 것 같았기 때문이다.

세토의 몸은 스프링 같고, 발가락은 인간의 손을 방불케 할 만큼 펼침과 오그림이 자유롭고, 발바닥은 *끈끈이* 같다. 훌쩍 도약해 거친 바위 표면에 들러붙듯 착지한다. 신체의 협업이 경이로웠다.

이 모든 것이 어떤 배움도 훈련도 없이 본능으로 이루어지다니.

계속해서 가파른 비탈과 삐죽삐죽 거친 암벽이 교대로 나타났다. 세토는 수직으로 오를 수 없을 땐 바위에서 바위로 뛰며 수평 이동도 했다. 세토의 시야에 허공이 들어올 때마다 이경은 너무 무서워서 기절할 것만 같았다.

괜찮아요?

괜찮겠어요?

미안해요. 힘들어도 버려요. 라르스를 찾아냈을 때 일어날 상황에 대비하려면 이경 씨가 있어야 해요.

알아요. 안다고요.

죽을 만큼 무서웠지만 버텼다. 세토를 믿기로 했다. 자아를 내려놓고 세토의 감각에 온전히 자신을 얹었다.

어느 순간부터 두려움이 잦아들며 마음이 고요해지자, 귓가를 울리는 바람 소리가 들리고 내리쬐는 햇볕이 느껴졌다. 산이라는 자연의 일부가 된 것 같았다.

얼마나 갔을까.

문득 눈앞에 새하얀 눈이 쌓인 능선이 나타났다. 기다란 칼등처럼 폭이 좁은 능선 길이 가파르게 이어졌다. 아차 했다간 미끄러져 추락한다. 한 발 한 발 빠르게 내디딜 때마다 지금까지와는 비교할 수 없는 공포심이 밀려왔다.

세토는 네발을 차례로 움직이며 거침없이 앞으로 나아갔다.

그러다 한순간 발이 미끄러지나 싶더니, 세토의 몸이 허공에 떠 있다.

이런, 추락합니다! 연결을 끊어요!

이경의 뇌에서 엔도르핀이 폭발했다.

그 짧은 순간의 기억은 없다.

정신을 차리니, 세토가 능선 아래쪽에 착지해 있었다. 이경은 연결을 끊지 않고 버텨 냈다.

착지한 세토가 움직임을 멈춘 동안, 이경은 깨달았다. 세토의 발밑, 그 눈 아래 라르스가 있다는 것을.

라르스는 계속해서 잤다. 잠은 얕았다가 깊었다가 했다. 이제 꿈은 좀 더 현실적인 것으로 바뀌었다. 라르스는 따뜻한 실내, 푹신한 침대에 누워 있는 것 같았다.

혹시 구조된 걸까?

라르스. 물을 좀 마셔. 네 소화 기관이 깨어나 일해야 한대.

나직하고 다정한 목소리가 귓가에서 들렸다.

구조되었나 했는데 아직 꿈속에 있는 듯했다. 그 목소리의 주인이 여기 있을 리 없으니까.

그렇다면 불운한 일이지만 그래도 꿈이 달콤하니 다행이었다.

✦

다시 밤이 찾아들었다.

이경은 창밖의 달을 보다가, 고개를 돌려 달빛에 물든 라르스의 얼굴을 굽어보았다.

달도, 라르스도 아름다웠다. 세계는 신비로웠다. 이경은 신께 감사했다.

사랑하는 이를 구하겠다는 일념으로 용기를 내어 낯선 세계를 찾아온 첫 번째 낮. 자신에게 그런 힘이 있는지 의심하던, 길고 고통스러웠던 첫 번째 밤. 세토와 함께 라르스를 찾는 여정을 떠났던 두 번째 낮. 라르스와 함께 있는 두 번째 밤.

이제 세계는 더 이상 낯설지 않았다. 라르스와 함께 있으므로.

이경은 라르스의 반듯한 이마, 눈썹, 속눈썹, 콧날, 입술을 눈길로 그려 나갔다. 몇 번이고 반복해서. 배고프지도 않았다. 그의 얼굴을 보고 숨소리에 귀를 기울이고 가슴이 고요히 오르내리는 걸 보았다. 모든 것이 축복이었다. 그저 깊고 검은 눈동자를 갈구하며 기다릴 뿐이었다.

라르스가 눈을 뜨면 무슨 말부터 할까 생각도 했다.

안녕, 다시 만났네.

안녕, 보고 싶었어.

안녕, 내가 왔어.

늦어서 미안해.

검은 머리칼과 속눈썹에 눈이 엉킨 채 하얗고 창백하던 라르스
의 얼굴. 그 차가운 몸을 끌어안으면서 이경은 다짐했었다. 앞으
로는 절대 이 외로운 소년을 홀로 버티고 견디게 두지 않겠다고.

자신의 삶을 버리지 않아도 되었다. 세토처럼. 이경은 세토에게
서 다른 삶을 배웠다. 시타델로 돌아가면 할 일이 많았다. 자신의
삶도, 시타델 사람들의 삶도 변화하기 시작할 거라고 이경은 믿
었다.

이경은 라르스를 가만히 안았다.

따뜻했다.

✦

긴 잠 속에서 라르스는 이제 죽음에 대해 생각하기 시작했다.
사람들은 자신을 찾지 못할 테고, 동면은 영원하지 않다. 정확한
시기는 몰라도 생명의 배터리가 완전히 닳으면 끝을 맞을 것이다.

젊었기 때문에 아직까지는 진지하게 생각해 본 적이 없었지만, 죽음 자체는 두렵지 않았다. 어머니나 알리샌 때문에 죽음에 대해 떠올릴 시간이 많았으니까.

라르스도 개척인이므로 죽음도 삶과 마찬가지로 담담히 받아들여야 하는 과정이라고 생각했다. 인간의 삶은 짧고 대부분 아쉬움을 남긴 채 끝난다. 지금 죽든 오십 년 뒤에 죽든 죽기 싫은 건 인간의 본능이다.

그래서 라르스는 자신의 죽음 뒤에 남겨질 것들에 대해 생각했다.

할 일이 태산 같은데 이렇게 바보같이 죽어 버렸다고 펄펄 뛸 카네 대장이 먼저 떠올랐다. 세상이 떠내려가기라도 한 듯 엉엉 울어 댈 마일로를 생각했다. 후계자를 잃어서 암담한 카네가 이 대신 잇몸이라고 앞으로 무지막지하게 굴려 댈 텐데 잘 버티길 진심으로 기도했다. 옛 친구에 이어 그 친구의 아들까지 잃게 된 로제 씨를 생각했다. 사실 그를 만나지 못하는 것보단 그의 끝내 주는 커피를 못 마시게 된 게 더 아쉬웠다. 건축 현장이나 생산 라인의 기계 관리는 타격이 크겠지만 결국 누군가 빈자리를 메꿀 것이다. 그보단 토종 식물의 유전자 개량을 통한 식량 생산이라는 어머니의 과제를 마치지 못하고 생을 마감한다는 게 원통했다. 자신의 유품이 될 연구 기록을 누구라도 이어받았으면 좋겠다고 생각했다. 아버지와 세토에겐 미안했지만 둘은 걱정되지 않왔다. 이런 생각을 연속으로 했다는 건 아니다. 깊고 얕은 잠이 교차할 때 듬성듬성 생각을 이어 간 것이다.

마지막으로, 무의식이 맨 뒤로 미루었던 이름에 이르자 라르스는 마음이 만 갈래로 찢기는 걸 느꼈다.

죽어서도 눈을 감지 못할 것 같은 열여덟 소년의 격렬한 미련이었다.

그 이름을 떠올리자 모든 허세가 파도에 씻기듯 쓸려 갔다. 살고 싶다고, 이렇게 멍청하게 죽고 싶지 않다고 온 마음이 외쳐 댔다.

좋아하는 여자애를 두 번 만나지도 못하고 죽다니 이런 머저리가 세상에 어디 있나. 아무것도 하지 않은 죄 때문에 지옥에 떨어질 게 분명했다.

그때 다시 이경의 목소리가 귀를 간지럽혔다.

라르스.

어째서 이 꿈은 이토록 진짜 같은 걸까.

라르스, 눈을 떠⋯⋯. 제발.

눈뜨고 싶지 않았다. 그럼 꿈에서 깨어나 암흑 속에 홀로 있는 자신을 발견할 것 같아서.

가슴이 묵직해지며 누군가 체중을 실어 왔다. 그러곤 두 팔로 라르스를 조심스럽게 안았다.

라르스는 혼란에 빠졌다. 이건 꿈일 수가 없었다.

라르스는 눈을 떴다.

이경의 눈과 코와 입이 담긴 얼굴이 바로 눈앞에 있었다.

죽음의 품 안에서 그토록 삶을 갈구하게 만든 존재가 눈물 어린 눈으로 함박 웃으며 자신을 내려다보았다.

라르스는 눈을 감았다가 천천히 떴다.

사라지지 않았다. 그대로 있었다.

이경의 머리 너머로 환한 달이 보였다.

"오늘은 안 되겠다."

이경이 속삭였다.

그 입술을 뚫어져라 쳐다보면서 라르스가 물었다.

"뭐가."

"너랑 같이 저녁노을을 보려고 했는데. 이미 밤이 되어 버렸어."

이경이 라르스의 뺨에 자신의 뺨을 마구 문질렀다.

"이 잠꾸러기."

뜨거운 손으로 이경의 뺨을 감싸면서 라르스가 속삭였다.

"노을은, 내일 보자."

내일, 이토록 달콤한 단어가 또 있을까. 내일이라고 발음하면서 라르스는 마음이 거품처럼 녹아 버리는 것만 같았다. 너무 행복하면서도 그만큼 불안하기도 했다. 라르스는 타오르는 눈동자에 물음을 담아 이경을 바라보았다.

정말 우리에게 내일이 있어?

그 눈에 담긴 간절한 물음에 답하듯이 이경이 가만히 고개를 끄덕였다.

"하지만⋯⋯. 하지만 여긴, 네가 좋아하는 숲도 없고."

라르스가 애처로운 목소리로 속삭였다. 이경이 라르스의 손을 두 손으로 감쌌다.

"하늘에서 연둣빛 들판을 보았어. 산을 오를 때도 곳곳에 숨은 초록을 만났지. 꼭 너 같더라. 살아남아 줘서, 버텨 줘서, 굳세게 피어나 줘서 고마웠어. 이제 나랑 함께하자. 너 혼자 애써 왔던 일들."

라르스의 눈에 눈물이 맺혔다.

"울지 마. 웃어야지."

라르스는 눈에 눈물을 매단 채 환하게 미소 지었다. 이경은 라르스를 온 힘을 다해 안았다. 이제 이 두 손 놓을 일 없으리라.

✦

가게에서 흘러나오던 불빛도 모두 스러진 고요한 밤의 거리에 흰 눈이 사락사락 내렸다. 오늘 하루 인간의 해피엔딩을 위해 기다려 줬다는 듯이. 갓 쌓인 흰 눈을 뽀드득뽀드득 밟는 두 개의 발과 사박사박 가볍게 지르밟는 네 개의 발이 부지런히 걸음을 재촉했다.

문이 열리는 소리에 서로 머리를 맞대고 잠들어 있던 이경과 라르스가 동시에 눈을 떴다.

"누구야? 산티넬, 외부인한테 누가 막 문을 열어 주랬어?"

열어 주지 않았습니다.

산티넬이 오늘 처음으로 입을 열었다. 억울하다는 듯 세토가 낭랑한 목소리로 짖었다. 나 외부인 아니라는 듯이.

"세토?"

실내에 불이 들어왔다. 커다란 봉투를 품에 안은 마일로와 세토였다. 영리한 세토는 훈련받은 대로 발 소독기에서 발을 씻은 뒤 신이 나서 침대로 뛰어올라 왔다.

"뭐야……. 너희들은 눈치란 것도 없어?"

라르스가 어이없어하며 물었다. 마일로는 얼굴이 새빨개져서는 항의했다.

"제, 제가 원해서 온 거 아닙니다! 로제 씨가 가게에 들러 가져가라고 했어요. 두 분 배고플 거라면서요. 저, 저는 그냥 배달꾼입니다!"

마일로가 낑낑대며 테이블에 내려놓은 봉투에서 맛있는 냄새가 솔솔 풍겼다. 라르스는 화를 내려 했지만 그 냄새를 맡자 강렬한 허기가 밀려와 머쓱한 표정을 지었다.

"와, 정말 맛있겠다. 로제 씨에게 고맙다고 전해 줘요."

이경이 눈을 반짝이며 말하곤, 라르스의 품에서 벗어나 테이블로 달려갔다. 라르스는 허전함을 느끼며 칭얼댔다.

"나 아직 환자야. 힘없어."

봉투를 열던 이경이 라르스를 돌아보았다.

"부축해 줘?"

"응."

마일로의 얼굴이 일그러졌다.

"로제 씨, 이 꼴을 보라고 저를 배달부로 삼으신 건가요?"

체구 차이상 이경이 라르스를 부축한다기보단 라르스가 이경을 품에 폭 감싼 형국으로 테이블로 걸어온 두 사람은 꼭 붙어 앉아 음식을 나눠 먹기 시작했다.

"진짜 맛있다!"

이경은 한 입 먹을 때마다 황홀한 표정을 지었고 라르스는 그런 이경을 사랑스럽게 바라보았다.

"와, 사람 눈에서 꿀이 떨어질 수도 있구나. 저럴 걸 그동안 어떻게 안 보고 살았대?"

마일로가 입을 비죽였다.

"참, 카네 대장님이 내일 출근할 거냐고 물어봐 달라는데요."

라르스가 말 그대로 야수처럼 으르렁대자 마일로가 움찔해서 변명했다.

"저는 그냥 전달하는 것뿐이라고요."

"나 아직 환자야. 그동안 안 쓴 연차 휴가 이번에 다 쓸 생각이야."

그건 안 돼.

산티넬이 끼어들었다.

라고, 카네 대장님이 전해 달라고 하셨습니다.

"나 아직 회복이 안 됐다니깐."

그 어느 때보다 생기 넘쳐 보이시는데요.

이경의 품에 안긴 세토가 창밖을 보며 신나게 짖었다. 아직 한 살이 안 된 새끼 동물답게 세토는 눈을 좋아했다. 특히 내리는 눈을.

"세토가 내일 눈싸움하고 놀재."

"그러지 뭐."

이경의 말에 라르스가 고분고분하게 대꾸했다.

"아직 회복이 안 됐다면서요."

라르스는 마일로의 딴지에 들은 척도 안 했다.

"마일로, 넌 세토랑 편먹어. 난 이경과 편먹을 테니까."

"그건 너무 불공평합니다. 세토는 손이 없잖아요!"

마일로가 항의했다.

"할 수 없어요, 마일로. 나와 라르스는 원 팀이니까요. 내가 라르스를 지켜 줘야 하거든요."

이경이 웃으며 라르스를 끌어안았다. 라르스가 커다란 강아지처럼 이경의 작은 어깨에 살포시 머리를 기댔다. 마일로는 올라가는 입꼬리를 꾹 붙들며 짐짓 억울한 표정을 지었다. 세토가 이경과 라르스의 팔 틈으로 코를 들이밀었다.

창밖으로 눈발이 잦아드는 게 보였다.

아직은 여름이었다.

내가 아는 세상은 하나뿐이었다.

어느 날 우연이 이어 준 한 소녀가 다가오기 전까진.

눈에 묻혀 잠든 나는 원래 죽을 운명이었을 것이다.

나를 구하기 위해 자기 세상 밖으로 나와, 용감히 모험의 길을 떠난 소녀가 아니었다면.

보통 동화는 여기서 끝나지만 우리의 이야기는 내일로 이어진다.

차가운 우주는 어떻게 생명의 온기를 만들어 냈을까.

내가 물으면, 그 애가 대답한다.

그건, 작은 사랑을 꿈꾸며 서로를 끌어당기기 시작한 우주의 먼지들 덕분이야, 라고.

혹시 지금 이 글을 읽고 있는 당신이 우리의 과거에 있다면, 부탁할게.

작은 것들이 온기를 나누려 서로를 끌어당기는,

이 애틋한 세계를 파괴하지 말아 줘.

작
가
의
말

'세계 안에서 존재가 서로 연결되어 있다.' 글을 처음 쓸 때부터 소설가로서 일관되게 가지고 있는 생각이다. 시간이 과거에서 현재로 현재에서 미래로 흐르며 서로 연결되기에, 우리는 미래를 그릴 수 있다. 외따로 떨어진 공간들이 어딘가에서 연결되기에 우린 타인을 꿈꿀 수 있다.

『싱커』의 결말로부터 많은 시간이 흐른 미래에 대해 쓰기로 마음먹었을 때, 나는 필연적으로 서로 동떨어진 두 세계를 그려야만 했다.『싱커』의 아이들이 의지를 다지며 떠나가 맞닥뜨린 지상 세계는 그들이 나고 자란 지하 세계와는 너무도 다른 곳이기 때문이었다.

구상 당시에 나는 '일하는 사람들'에 대한 이야기를 쓰고 싶었다. 지상 세계는 춥고 얼어붙은 땅이고, 지하 세계는 기온이 일정하게 따뜻한 곳이니까 자연스럽게 '전혀 다른 환경에서 일하는' 두 사람이 떠올랐다.

숨 막히도록 밀도 높은 지하 세계, 우연히 인공의 열대 우림에서 일하게 되면서 겨우 마음껏 숨을 쉬는 내성적인 천재 소녀. 눈 덮인 차가운 지상 세계에서도 추위를 타지 않는 소년. 두 사람이 우연히 만나 서로에게 끌린다면 어떤 일이 생길까? 그런 물음은 쓸쓸하지만 낭만적이고 따뜻한 이야기의 씨앗을 품고 있었다.

　쓰면서 행복하고 읽으면 힘이 나는 이야기를 쓰려고 했다. 그래서 소박하지만 정성껏 만든 요리처럼, 주인공들의 외로움과 슬픔 곁에 작은 농담과 웃음과 우정을 곁들여 담았다. 좋은 소식보다 나쁜 소식이 더 많이 들려오고 내일의 세상이 걱정되어도, 내 옆의 사람과 나날의 소소한 즐거움에 기대어 하루를 살아가는 게 우리의 모습이니까.

　이야기가 책으로 나오기까지 함께 애써 준 김준성 편집자님, 김영선 편집자님을 비롯해 출판사의 여러분에게 감사드린다. 원고를 꼼꼼히 보아 주고 사랑스럽고 좋은 부분을 응원해 주고 아쉬운 부분을 짚어 준 덕분에 책이 더 나은 모습으로 세상에 나오게 되었다.

　이 글을 읽는 독자 여러분이 각자의 힘듦에 숨은 작은 초록을 찾아내길, 그리고 세상의 푸르름이 영원하길 진심으로 바란다.

2024년 여름
배미주

창비청소년문학 128

너의 초록에 닿으면

초판 1쇄 발행 | 2024년 8월 16일

지은이 | 배미주
펴낸이 | 염종선
책임편집 | 김준성
조판 | 박아경
펴낸곳 | (주)창비
등록 | 1986년 8월 5일 제85호
주소 | 10881 경기도 파주시 회동길 184
전화 | 031-955-3333
팩스 | 영업 031-955-3399 편집 031-955-3400
홈페이지 | www.changbi.com
전자우편 | ya@changbi.com

ⓒ 배미주 2024
ISBN 978-89-364-5728-0 43810